Arthur Conan Doyle v.

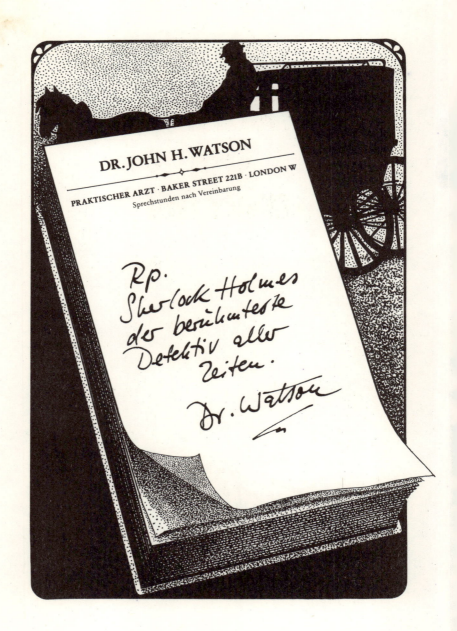

Arthur Conan Doyle

Sherlock Holmes
Sein erster Fall

Neugefaßt von W. K. Weidert

Franckh'sche Verlagshandlung
Stuttgart

Neugefaßt von W. K. Weidert

Schutzumschlag von Aiga Rasch

CIP-Kurztitelaufnahme der Deutschen Bibliothek

Doyle, Arthur Conan:
Sherlock Holmes / Arthur Conan Doyle. – Stuttgart :
Franckh

Sein erster Fall / neugef. von W. K. Weidert. –
1982.
ISBN 3–440–05083–1

Franckh'sche Verlagshandlung, W. Keller & Co., Stuttgart / 1982
Alle Rechte, insbesondere das Recht der Vervielfältigung, Verbreitung und Übersetzung, vor-
behalten. Kein Teil des Werkes darf in irgendeiner Form (durch Fotokopie, Mikrofilm oder
ein anderes Verfahren) ohne schriftliche Genehmigung des Verlages reproduziert oder unter
Verwendung elektronischer Systeme verarbeitet, vervielfältigt oder verbreitet werden.
© 1982, Franckh'sche Verlagshandlung, W. Keller & Co., Stuttgart
ISBN 3–440–05083–1 / L 9sl H cs
Printed in Czechoslovakia / Imprimé en Tchécoslovaquie
Satz: Bauer & Bökeler Filmsatz GmbH, Denkendorf
Gesamtherstellung durch Artia, Prag

Sherlock Holmes
Sein erster Fall

7 Zwei wichtige Herren stellen sich vor

9 Sein erster Fall
(The »Gloria Scott«)

29 Der Daumen des Ingenieurs
(The Engineer's Thumb)

50 Im Dienste Ihrer Majestät
(The Bruce-Partington-Plans)

80 Der geheime Marinevertrag
(The Naval Treaty)

111 Das Familienritual
(The Musgrave Ritual)

Zwei wichtige Herren stellen sich vor

Baker Street 221b ist eine Adresse, die man in ganz London – nein überall in England –, ach was, in ganz Europa kennt. Warum? Nein! Nicht weil von hier aus England regiert wird. Das passiert in der Downing Street. In der Baker Street wird nicht über das Schicksal von Völkern entschieden. Aber über das Schicksal von Menschen! Hier wohnt Sherlock Holmes, der berühmte Detektiv.

Seine Hilfe suchen und finden viele. Er gewährt sie gern, denn es reizt ihn, seinen scharfen Verstand gegen das Verbrechen in jeder Form einzusetzen, gleich ob es sich um Diebstahl, Erpressung, Mord, Entführung oder anderes handelt, was sich Verbrecher zum Schaden ihrer Mitmenschen ausdenken. Und je intelligenter der Verbrecher, desto eifriger ist Holmes bei der Sache. Es sind die schwierigen Aufgaben, die ihn besonders reizen. Die Natur und eigener Fleiß haben ihn dafür mit besonderen Talenten ausgestattet: messerscharfem, analytischem Verstand, ausgezeichnetem Gedächtnis, außergewöhnlicher Beobachtungsgabe, feinstem Einfühlungsvermögen, Kombinationsfähigkeit, Liebe zum Detail, Zähigkeit, Mut und Kaltblütigkeit, Verschwiegenheit, ausgezeichneten Kenntnissen in Chemie und anderen praktischen Naturwissenschaften. Sherlock Holmes liebt die Musik, spielt selbst Violine, ist ein unermüdlicher Arbeiter, kann aber auch ganze Tage mit Nichtstun verbringen. Er macht nicht viel Wesens von seinen Erfolgen und sagt immer: »Ich vollbringe keine Wunder, ich denke nach!« Wäre da nicht Dr. Watson, der auf Grund einer Kriegsverletzung frühzei-tig pensionierte Militärarzt, wir wüßten wohl nur das wenige, was damals die Zeitungen über den Fall Baskerville berichteten. So aber hat Dr. Watson getreulich alles, was er an der Seite seines Freundes erlebte, aufgeschrieben.

Die beiden wohnen übrigens auch zusammen in der Baker Street 221 b. Das geht gut, denn ihre Temperamente ergänzen sich. Getrof-fen haben sie sich zufällig – bei der Wohnungssuche. Aus der Wohn-gemeinschaft ist inzwischen eine echte und tiefe Freundschaft gewor-den. Sherlock Holmes und Dr. Watson können sich aufeinander verlassen.

Dr. Watson berichtet die folgenden Ereignisse gestützt auf seine Ta-gebuchnotizen und sein Gedächtnis. Er hat sich bemüht, kein wich-tiges Detail wegzulassen und einen vollständigen Bericht von jenen erstaunlichen Fällen zu geben, in denen der Meisterdetektiv mit al-lerhöchsten Personen zu tun hatte. Dr. Watson erzählt, wie Holmes zum Detektiv wurde, und wie genial er das Rätsel des Musgrave Rituals löste. Wir verfolgen das Abenteuer des Ingenieurs, der sei-nen Daumen verlor, leiden mit Kaulquappe unter falschem Verdacht und erleben die überraschende Erklärung für den Verrat eines Ge-heimnisträgers im Marineamt. Watson hat diese Fälle nicht nach ih-rer zeitlichen Reihenfolge zusammengestellt. Seine Absicht war, uns einige Facetten der Persönlichkeit von Holmes zu zeigen und einen Eindruck seiner vielseitigen Talente zu geben sowie seiner Fähig-keit, jede Situation zu bewältigen.

Sein erster Fall

Hinter einem harmlosen Blatt Papier verbirgt sich oft die interessanteste Geschichte«, sagte eines Winterabends – wir saßen vorm Kaminfeuer – Sherlock Holmes zu mir. »Wenn ich zum Beispiel an die Gloria Scott denke... Warten Sie, hier in der Schublade müssen die Dokumente dazu liegen.«
Er zog ein Bündel Papiere heraus und reichte mir den mit einer Kordel zusammengebundenen Packen. Ich löste die Schnur, nahm das erste Blatt und las:
»Das dritte große Spiel dieser Saison ist vorbei und aus. Der Neueinkauf Hudson war Spielgestalter. ›Hat klug gespielt, uns aber nichts verraten‹, so Trainer Lauf. Er fuhr fort: ›Wir wollen von dem Spiel hier lieber schweigen.‹«
Das war alles. Ich las den Text ein zweites und dann ein drittes Mal. Holmes beobachtete mich und lächelte. Schließlich sagte er:
»Können Sie sich vorstellen, daß diese Zeilen einen Friedensrichter das Leben gekostet haben?«
»Was?« rief ich. »Wegen dieses harmlosen, miserablen und bruchstückhaften Spielberichts soll ein Mensch gestorben sein?«
»Allerdings! – Außerdem war es genau dieses Stück Papier, was mich letzten Endes dazu gebracht hat, mein Leben der Bekämpfung des Verbrechens zu widmen.«
»Tatsächlich? Erzählen Sie!«
Holmes war bisher immer recht zugeknöpft gewesen, wenn ich die Rede darauf gebracht hatte, wie er Detektiv geworden war. So war ich natürlich ganz besonders auf seine Geschichte gespannt.

Er saß ein Weilchen da und machte ein ganz versonnenes Gesicht. Dann zündete er seine Pfeife an und entlockte ihr kleine Wölkchen.

»Habe ich Ihnen schon von Victor Trevor erzählt?« begann er schließlich. »Er war mein einziger Freund in den zwei Jahren, die ich auf dem College zubrachte. Damals schon ein Einzelgänger, saß ich lieber philosophierend zu Hause als mit den Kommilitonen im Wirtshaus. Die einzigen Sportarten, die mich interessierten, waren Fechten und Boxen. Und das Studium betrieb ich nach meiner eigenen, besonderen Methode. So ergaben sich nur flüchtige Kontakte mit anderen Collegeboys. Trevor lernte ich dadurch besser kennen, daß sich sein Terrier eines Morgens in meinen Knöchel verbiß.

Dieser Biß war der Beginn einer Freundschaft, einer Freundschaft ohne große Worte, einer, auf die man absolut bauen konnte. Und das kam so: Die Wunde entzündete sich, ich mußte das Bett hüten. Trevor besuchte mich täglich. Zunächst nur für Minuten, doch dann blieb er immer länger. Als ich endlich wieder genesen war, waren wir Freunde.

Was mich an Trevor besonders anzog, das waren seine unkomplizierte Herzlichkeit und Aufrichtigkeit, gepaart mit Intelligenz und Tatkraft. In vielem das gerade Gegenteil von mir, hatten wir dennoch genug gemeinsam. Besonders aber verband uns, daß weder er noch ich andere Freunde hatten.

Eines Tages lud er mich für ein paar Wochen zu sich nach Hause ein. Sein Zuhause war Donnithorpe in Norfolk, ein kleiner Ort, wo sein Vater Friedensrichter war. Offensichtlich zählte er nicht gerade zu den Ärmsten, denn er nannte ein älteres, weitläufiges Fachwerkhaus sein eigen, zu dem eine prächtige Lindenallee führte. Weiter besaß er ein Jagdrevier im Moor, mit Wildenten und prächtigen Fischen in einem ganz hübsch großen Teich. Das Haus barg eine kleine, aber auserlesene Bibliothek; vom Vorbesitzer übernommen, und auch gekocht wurde recht gut. Es mußte sich also wohl ein Weilchen dort gut aushalten lassen.

Friedensrichter Trevor war Witwer, mein Freund sein einziger Sohn. Das zweite Kind, eine Tochter, war noch jung an Diphterie gestorben.

Der schlichte, körperlich und geistig robust wirkende Mann interessierte mich sehr. Bücher waren ihm fremd. Sein Wissen hatte er sich auf weiten Reisen angeeignet. Er war untersetzt, etwas füllig, hatte buschiges, graues Haar, ein wettergegerbtes Gesicht, aus dem durchdringend, fast wild blaue Augen blickten. In der Nachbarschaft galt er als freundlich und sehr umgänglich. Seine Urteile zeichneten sich durch Milde aus.

Eines Abends, ich war erst ein paar Tage im Hause, saßen wir nach dem Essen noch bei einem Glas Portwein zusammen. Victor schwärmte von meinem besonderen Talent, aus kleinsten Beobachtungen verblüffende, aber immer stimmende Schlüsse zu ziehen. In dieser Kunst übte ich mich damals schon, allerdings ohne zu wissen, welche Rolle sie einst in meinem Leben spielen sollte. Victor schilderte einen oder zwei harmlose Fälle, die ich gelöst hatte. Der alte Trevor hielt das alles offensichtlich für etwas übertrieben. Er lachte und meinte:

»Versuchen Sie doch einmal Ihre Kunst an mir. Ich bin ein ausgezeichneter Prüfstein.«

»Gern!« antwortete ich. »Allzuviel kann ich allerdings nicht über Sie sagen. Mir scheint, daß Sie seit einigen Monaten um ihr Leben fürchten.«

Sein Lächeln erstarb, erstaunt blickte er mich an.

»Das stimmt«, antwortete er schließlich. »Weißt du, Victor, die Wilddiebe, die wir damals gestellt hatten, haben uns Rache geschworen. Sir Edward Hoby ist schon überfallen worden. Seitdem bin ich natürlich besonders auf der Hut. – Aber woher wissen Sie das, Mr. Holmes?«

»Ihr schöner Stock hat mich darauf gebracht. Erstens ist er noch recht neu, und zweitens haben Sie sich die Mühe gemacht, den Knauf mit Blei auszugießen. Das macht ihn zu einer gefährlichen Waffe, die man nur braucht, wenn man sich bedroht fühlt.«

»Gut geraten! Noch etwas?« Er lächelte wieder.

»In jungen Jahren waren Sie Boxer.«

»Wieder richtig! Aber woher beziehen Sie diese Weisheit? Habe ich vielleicht eine schiefe Nase?«

»Nein«, antwortete ich, »aber, mit Verlaub, das, was man Blumenkohlohren nennt.«

»Weiter!«

»Sie haben breite, verarbeitete Hände, müssen also früher hart körperlich gearbeitet haben.«

»Mein Vermögen stammt von den Goldfeldern Australiens.«

»Sie waren in Neuseeland.«

»Richtig!«

»Und in Japan.«

»Wieder richtig.«

»In Ihrem Leben gab es einen J. A., den Sie lieber vergessen möchten.«

Als ich das sagte, fuhr der alte Trevor hoch und starrte mich ganz seltsam an. Dann kippte er ohnmächtig vornüber und landete mit dem Gesicht mitten in den Nußschalen auf dem Tisch. Sie können sich vielleicht vorstellen, Watson, wie sehr Victor und ich erschraken. Wir schleppten den alten Mann aufs Sofa, öffneten ihm den Hemdkragen und spritzten ihm Wasser ins Gesicht. Daraufhin kam er unter Stöhnen wieder zu sich.

»Hoffentlich habe ich euch nicht erschreckt«, sagte er mit zittriger Stimme und zwang sich zu einem Lächeln. »Sie müssen wissen, Mr. Holmes, daß in diesem kräftigen Körper leider ein schwaches Herz schlägt. Es braucht nicht viel, mich umzuwerfen – aber wie machen Sie das bloß, Mr. Holmes, daß jeder Detektiv, sei er echt oder erfunden, an Ihnen gemessen ein Waisenknabe ist? Mir scheint, auf diesem Gebiet liegt Ihre Berufung. Hören Sie auf einen Mann, der ein gutes Stück der Welt gesehen hat.«

Und ob Sie es glauben oder nicht, Watson, es waren diese Worte, die mich auf den Gedanken brachten, aus dem, was bis dahin reinstes Hobby war, eine Lebensaufgabe zu machen.

»Ich kann nur hoffen«, entgegnete ich, »daß ich nichts Falsches sagte.«

»Sie haben da allerdings einen etwas empfindlichen Punkt berührt. Aber wie sind Sie bloß darauf gekommen? Sind Sie ein Hellseher?«

Seine Frage klang scherzhaft, aber in seinem Blick glaubte ich einen Anflug von Angst zu erkennen.

»Nichts einfacher als das«, sagte ich. »Wir waren doch gestern fischen. Dabei holten Sie – erinnern Sie sich? – einen Fisch mit der

Hand aus dem Wasser. Und als Sie dazu vorher den Ärmel hoch-
rollten, sah ich, daß Sie auf der Innenseite des rechten Unterarms
ein J. A. eintätowiert haben. Man sieht die Buchstaben allerdings
nur noch verschwommen, weil versucht wurde, sie wieder zu
entfernen. Das heißt also, daß es in Ihrem Leben einen J. A. gegeben haben muß und Sie ihn aus der Erinnerung tilgen wollten.«
»Fantastisch«, rief er mit einem Seufzer der Erleichterung. »Das
nenne ich Scharfblick! Es ist genauso, wie Sie sagen. Aber sprechen wir von erfreulicheren Dingen. Von allen Geistern der Vergangenheit sind die einer toten Liebe die schlimmsten. Gehen wir
ins Billardzimmer und lassen uns eine gute Zigarre schmecken.«
Von dem Tag an spürte ich bei Mr. Trevor mir gegenüber bei aller Herzlichkeit einen gewissen Vorbehalt, fast ein Mißtrauen.
Ich bin sicher, daß er ganz unbewußt so reagierte. Aber sogar
Victor fiel es auf, und er meinte:
»Mein Vater weiß nicht, wie weit er dir trauen darf. Man könnte
fast glauben, daß er etwas zu verbergen hat.«
Der Zustand wurde schließlich unerträglich. Ich beschloß, mei-
nen Aufenthalt abzubrechen, damit der Friedensrichter seine Ru-
he wiederfinden konnte. Am Tag vor meiner Abreise wurde ich
dann noch Zeuge eines Vorfalls, der, wie sich später herausstell-
te, schwerwiegende Folgen haben sollte. Wir saßen alle drei im
Garten und ließen uns die Sonne auf den Bauch scheinen. Da
kam das Dienstmädchen und meldete, es sei ein Mann an der
Tür, der Mr. Trevor sprechen wolle.
»Was für ein Mann?« fragte der Friedensrichter.
»Er wollte seinen Namen nicht nennen.«
»Was will er denn?«
»Er meinte, Sie würden ihn schon kennen, und er wolle Ihnen
nur guten Tag sagen.«
»Also gut, führen Sie ihn hierher.«
Es erschien ein kleiner, ausgemergelter, kriecherisch wirkender
Mann mit dem schaukelnden Gang eines Seemanns. Er trug eine
offene teerfleckige Jacke, darunter ein rotschwarz kariertes
Hemd, Drillichhosen und an den Füßen abgetragene, schwere
Stiefel. Das schmale braune, verschlagen wirkende Gesicht war

zu einem Grinsen gefroren, das gelbe, schief stehende Zähne entblößte. Die faltigen Hände waren klauenartig gekrümmt, wie man das häufig bei Seeleuten sieht. Schaukelnd und mit schleppenden Schritten schob er sich auf Mr. Trevor zu. Der tat einen schnappenden Atemzug, sprang ohne ein Wort auf und rannte ins Haus. Er war gleich wieder da. Als er an mir vorbeiging, roch ich Brandy.

»Nun, guter Mann«, sagte er, »was kann ich für Sie tun?«

Der Seemann stand nur grinsend da und starrte ihn an. Schließlich sagte er:

»Erkennen Sie mich wirklich nicht?«

»Warten Sie – Himmel! Hudson! Sie sind Hudson!« Trevor tat sehr überrascht.

»Ja, mein Herr, Hudson«, sagte der Seemann. »Gut dreißig Jahre sind es jetzt her, seit wir uns das letzte Mal sahen. Sie haben ein Haus, und ich nage immer noch am Salzfleisch aus dem Pökelfaß.«

»Das muß nicht sein«, unterbrach ihn der alte Trevor. »Ich habe die alten Zeiten nicht vergessen!« Er trat dicht an den Seemann heran und flüsterte ihm etwas ins Ohr. Dann fuhr er laut fort. »Geh in die Küche und laß dir etwas zu essen und zu trinken geben. Ich bin sicher, daß ich eine Beschäftigung für dich finde.«

»Danke, Sir«, sagte der Seemann und hob salutierend den gestreckten Zeigefinger dorthin, wo sonst wohl der Rand der Mütze zu suchen war.

»Habe gerade zwei Jahre auf einem Acht-Knoten-Seelenverkäufer hinter mir. Ein bißchen Ausruhen wird mir guttun. Auch bin ich etwas knapp bei Kasse. Da dachte ich, gehst mal zu deinen alten Freunden, Mr. Beddoes oder Mr. Trevor.«

»Was?« rief der alte Trevor. »Du weißt, wo Beddoes ist?«

»Gottverdammich, ich weiß, wo alle meine alten Freunde stekken.«

Er lächelte falsch, drehte sich um und schaukelte hinter dem Mädchen her zur Küche. Der alte Trevor murmelte etwas von Schiffskameraden gewesen auf der Fahrt zu den Goldfeldern und verschwand dann gleichfalls im Haus. Eine Stunde später fanden wir ihn total betrunken auf dem Sofa im Eßzimmer.

14

Der ganze Auftritt hatte mich äußerst unangenehm berührt. So war ich froh, daß für den nächsten Tag meine Abreise geplant war.

Die geschilderten Ereignisse geschahen am Anfang der langen Semesterferien. Die nächsten sieben Wochen verbrachte ich in meiner Londoner Bude, wo ich mich besonders mit chemischen Reaktionen zum Nachweis bestimmter Substanzen beschäftigte. Inzwischen war der Herbst ins Land gezogen, die vorlesungsfreie Zeit näherte sich ihrem Ende. Da erhielt ich ein Telegramm von meinem Freund. Er bat mich, nach Donnithorpe zu kommen, denn er brauche meinen Rat und meine Hilfe. Natürlich ließ ich alles stehen und liegen und fuhr erneut nach Norden.

Victor holte mich im Einspänner am Bahnhof ab. Schon der erste flüchtige Blick zeigte, daß er schwere Wochen hinter sich haben mußte. Er war dünn geworden. Das blasse Gesicht furchten Sorgenfalten. Von der ihm früher eigenen Unbekümmertheit war nichts mehr zu spüren.

»Ach wie gut, daß du kommst, Sherlock. Mein Vater liegt im Sterben«, waren seine ersten Worte.

»Das ist doch nicht möglich!« rief ich. »Was fehlt ihm denn?«

»Er hatte einen Schlaganfall und ist seitdem gelähmt. Den ganzen Tag schon ringt er mit dem Tode. Ich bezweifle, daß wir ihn noch lebend antreffen.«

Sie können sich vielleicht vorstellen, Watson, wie sehr mich diese unerwartete Nachricht bestürzte.

»Wie ist es denn dazu gekommen?« fragte ich.

»Genau deswegen habe ich dich gebeten zu kommen«, antwortete Victor. »Aber steig erst einmal ein, wir können uns während der Fahrt unterhalten. Erinnerst du dich noch an den Burschen, der am Tag vor deiner Abreise bei uns aufkreuzte?«

»Ja, nur zu gut.«

»Weißt du auch, wen sich mein Vater an diesem Tag ins Haus lud?«

»Wie meinst du das?«

»Er hat sich den Teufel ins Haus geholt!«

Ich schaute ihn fragend an.

»Der Kerl war der Teufel in Person. Von dem Moment an, da er

15

unser Haus betrat, hatten wir keine friedliche Stunde mehr. Seit jenem Tag war mein Vater nicht mehr der alte. Und wenn jetzt sein Leben an einem seidenen Faden hängt, dann ist das alles diesem Teufel Hudson zuzuschreiben!«

»Aber wie kann das sein?«

»Ich würde viel darum geben, wenn ich das wüßte. Wie konnte mein Vater, dieser gütige Mensch, in die Klauen eines solchen Subjekts geraten? Ach, Sherlock, ich bin ja so froh, daß du gekommen bist. Du bist der einzige, der mir helfen kann.«

Unser Wagen rollte im schnellen Tempo über die glatte, weiße Landstraße. Den weiten Horizont vor uns färbte die untergehende Sonne blutrot. Schon sah man links voraus inmitten einer Gruppe von Bäumen die hohen Schornsteine und die Spitze des Fahnenmastes vor dem Trevorschen Hause.

»Mein Vater machte den Kerl zum Gärtner«, fuhr Victor fort. »Und als Hudson der Posten nicht behagte, sogar zum Butler. Er führte sich auf, als gehöre das Haus ihm und er könne über alles und jeden verfügen. Das Personal beklagte sich, weil er ständig betrunken war und zotige Bemerkungen machte. Vater erhöhte ihren Lohn, um sie zu beschwichtigen. Ohne zu fragen benützte der Kerl unser Boot, nahm Vaters beste Flinte und ballerte damit in der Gegend herum. Und das alles ganz dreist und ständig mit einem so boshaft höhnischen Ausdruck im Gesicht – glaube mir, Sherlock, wäre er nicht ein alter Mann, ich hätte ihn in sein freches Gesicht geschlagen. Nur mit äußerster Mühe konnte ich mich zurückhalten, wobei ich mich heute frage, ob es nicht besser gewesen wäre, wenn ich mich etwas mehr hätte gehenlassen.

Es wurde immer schlimmer. Hudsons Unverschämtheit nahm von Tag zu Tag zu. Als er schließlich einmal in meiner Gegenwart meinem Vater grob über den Mund fuhr, platzte mir doch der Kragen. Ich packte den Kerl und warf ihn aus dem Zimmer. Bleich schlich er sich davon, in den Augen mehr Drohung als sich beschreiben läßt. Was Hudson daraufhin mit meinem armen Vater anstellte, weiß ich nicht. Jedenfalls kam Dad und bat mich, ich möchte mich doch bei Hudson entschuldigen. Du kannst dir denken, daß ich das strikt ablehnte.

Ich fragte Vater, wie er zulassen könne, daß sich dieser Lump solche Freiheiten herausnehme. Er antwortete, ich hätte leicht reden. Aber ich könne ja auch nicht wissen, in welcher Lage er sich befinde. Aber ich würde alles erfahren. Und dann fragte er noch, ob ich ihn für fähig hielte, Böses zu tun. Dabei war er sehr bewegt. Er ging hinterher in sein Studierzimmer und verließ es den ganzen Tag nicht mehr. Als ich einen Blick durchs Fenster warf, sah ich, daß er eifrig schrieb.

Am gleichen Abend noch schien es, als sollten wir endlich erlöst werden: Hudson eröffnete uns, daß er uns verlassen wolle. Als wir dann nach dem Abendessen wie gewöhnlich noch im Zimmer saßen, kam er, natürlich voll wie eine Haubitze, und lallte:

»Ich hab' genug von Norfolk. Jetzt geht's nach Hampshire zu Beddoes. Der wird sich sicher genauso freuen wie Sie, wenn er mich sieht. Stimmt's?«

Darauf mein Vater: »Aber du gehst doch wohl nicht im Zorn, Hudson?« Er sagte das so ängstlich, daß ich schon wieder zu kochen anfing.

»'S hat sich noch keiner bei mir entschuldigt«, sagte Hudson mit schwerer Zunge und schielte dabei zu mir.

»Victor, gib zu, du warst etwas grob gegen den ehrenwerten Mann«, wandte sich mein Vater an mich.

»Ganz im Gegenteil«, gab ich hitzig zurück. »Mir scheint, ich war noch viel zu sanft.«

»So, meinen Sie, junger Mann?« knurrte Hudson. »Wir werden ja sehen!« Damit schob er sich aus dem Zimmer.

Eine halbe Stunde später war er fort. Mein Vater aber befand sich seitdem in einem Zustand äußerster Nervosität. Nacht für Nacht lief er ruhelos in seinem Zimmer auf und ab. Und als er endlich wieder etwas ruhiger zu werden schien, kam der Schlaganfall.«

»Einfach so?«

»Eben nicht. Das war ja das Seltsame. Gestern abend kriegte mein Vater einen Brief, abgestempelt in Fordingbridge. Er las, schlug die Hände vors Gesicht und begann im Zimmer herumzulaufen, als sei er nicht ganz bei Sinnen. Schließlich gelang es mir, ihn aufs Sofa zu dirigieren. Als er dort lag, sah ich, daß das rechte Augenlid und ein Mundwinkel herunterhingen. Dr. Ferdham

17

kam und diagnostizierte einen Schlaganfall. Wir brachten Vater zu Bett. Doch sein Zustand wurde nicht besser, eher schlechter. Fast fürchte ich, wir treffen ihn nicht mehr lebend an.«

»So schlimm wird's sicher nicht sein, Trevor«, versuchte ich den Freund zu beruhigen. »Aber was stand denn eigentlich in dem Brief? Das muß ja etwas ganz Entsetzliches gewesen sein.«

»Eben nicht«, antwortete Victor. »Das ist ja das Rätselhafte an der Geschichte. Der Brief war völlig belanglos. – O Gott, es ist, wie ich befürchtet habe!«

Wir hatten die letzte Straßenbiegung erreicht, vor uns lag das Haus. Alle Fensterläden waren geschlossen. Und als der Wagen ausrollte, trat ein schwarz gekleideter Mann heraus. Traurig fragte mein Freund: »Wann war es?«

»Kaum, daß Sie das Haus verlassen hatten.«

»Hat er noch einmal das Bewußtsein wiedererlangt?«

»Ja, für einen Moment, kurz vor seinem Tode.«

»Hat er noch etwas gesagt?«

»Nur, daß sich die Papiere im Arbeitszimmer in seinem Sekretär befinden.«

Victor ging mit dem Arzt hinauf ins Sterbezimmer. Ich saß derweil unten im Wohnzimmer und ließ mir die Geschichte durch den Kopf gehen. Boxer, Abenteurer und Goldgräber war der Friedensrichter Trevor einst gewesen. Was hatte diesem gemeinen Burschen Hudson solche Gewalt über ihn verschafft? Warum fiel Trevor in Ohnmacht, als ich die verwischten Initialen auf seinem Arm erwähnte, und wie konnte ein Brief einen Schlaganfall auslösen? Als ich soweit war, fiel mir ein, daß Fordingbridge in Hampshire lag, wo auch dieser Mr. Beddoes wohnte. Dorthin hatte doch Hudson gehen wollen, wahrscheinlich in der Absicht, einen weiteren Erpressungsversuch zu starten. Der Brief kam also vielleicht von Hudson und enthüllte irgendeine alte Schuld, die es geben mußte. Aber auch Beddoes konnte ihn geschrieben haben, um den ehemaligen Kumpan zu warnen. Soweit ergaben die Ereignisse Sinn.

Aber Victor hatte doch gesagt, daß in dem Brief nichts als belangloses Zeug stand? Oder hatte er ihn nur nicht verstanden? Ja, so mußte es sein. Wahrscheinlich enthielt der Brief eine ver-

18

schlüsselte Nachricht, die nur ein Eingeweihter verstehen konnte. Aber mir würde es sicher gelingen, hinter den verborgenen Sinn zu kommen. Nur mußte ich dazu den Brief erst einmal haben.

Fast eine Stunde mußte ich warten, bis es soweit war. Erst kam ein Dienstmädchen und machte Licht. Ihr fast auf den Fersen folgte Victor, bleich, aber gefaßt. In der Hand hielt er diese Papiere hier.

Wir setzten uns an den Tisch zur Lampe, und Victor gab mir den Zettel mit der Notiz, die Sie, Watson, vorhin gelesen haben: »Das dritte große Spiel dieser Saison ist vorbei und aus. Der Neueinkauf Hudson war Spielgestalter. ›Hat klug gespielt, uns aber nichts verraten‹, so Trainer Lauf. Er fuhr fort: ›Wir wollen von dem Spiel hier lieber schweigen.‹«

Also, offen gestanden, Watson, als ich das gelesen hatte, machte ich ein ebenso dummes Gesicht wie Sie vorhin. Dann las ich den Brief noch einmal genauer, Wort für Wort. Irgendwo und -wie mußte in diesen Zeilen eine Nachricht verborgen sein. Besaßen vielleicht bestimmte Wörter einen anderen Sinn, den Absender und Empfänger willkürlich festgelegt hatten? Dann allerdings war eine Entschlüsselung so gut wie unmöglich. Ich probierte es mit Rückwärtslesen, was auch keinen Sinn ergab, ebensowenig wie der Versuch, jedes zweite Wort wegzulassen. Und doch, der Name Hudson war für mich ein untrügliches Indiz, daß der Brief irgendeine gefährliche Bedeutung haben mußte. Nicht umsonst hatte sich der alte Trevor dem Matrosen gegenüber so unterwürfig gezeigt. Ich las noch einmal. Jetzt fiel es mir wie Schuppen von den Augen: Die beiden ersten Wörter »Das dritte« gaben den Schlüssel für die Entzifferung der Nachricht. Las man nur jedes dritte Wort, bekam man folgenden Wortlaut: »Das ... Spiel ... ist ... aus ... Hudson ... hat ... uns ... verraten ... Lauf ... fort ... von ... hier.«

Als ich Victor die Worte laut vorlas, seufzte er tief auf und sagte: »Das also hat meinen Vater zu Tode erschreckt. Welch fürchterliches Geheimnis mag hier verborgen sein. Und wer mag wohl der Absender sein?«

»Er ist leider nicht genannt«, entgegnete ich. Aber es muß ein Fußballanhänger sein, sonst wäre nicht die Rede von Neueinkauf

Hudson und Spielgestalter oder Trainer usw. Gab, das heißt, gibt es unter den Bekannten oder Freunden deines Vaters einen Fußballfan?«

»Ach, jetzt, wo du das sagst, fällt mir ein, daß Vater und Beddoes sich regelmäßig das Cup-Finale anschauten. – Also kommt der Brief von Beddoes?«

»Und er kann dir das Geheimnis sicher verraten«, fuhr ich fort.

»Was wahrscheinlich gar nicht nötig sein wird«, entgegnete Victor. »Sicher steht es hier drin.« Er legte die Hand auf das Papierbündel. »Ich fürchte mich fast davor, es zu erfahren. Ach, Sherlock, tu mir den Gefallen und lies du, was mein Vater geschrieben hat. Das macht es für mich vielleicht ein bißchen leichter.«

Damit gab er mir diese Papiere hier. Ich will Ihnen, Watson, die Geschichte vorlesen, wie ich das damals für meinen Freund tat. Die Überschrift lautet:

Was sich wirklich auf der Gloria Scott ereignete, von ihrem Auslaufen in Falmouth am 8. Oktober 1855 bis zu ihrem Untergang am 6. November auf 15°20' Nord und 25°14' West.

Lieber Victor, mein einziger Sohn!

Die Schatten der Vergangenheit haben mich eingeholt und verdüstern meine Tage. Doch nicht die Furcht vor dem Gesetz ist es, die mir ins Herz schneidet, oder die Aussicht, mein Ansehen zu verlieren, sondern der Gedanke, daß du dich meiner schämen könntest. Du, der du mich liebst, wie ich glaube, und der du, so hoffe ich, bisher immer den Vater achten konntest. Wenn du dies liest, hat mich der Tod ereilt, oder ich stehe vor Gericht.

Bleibt mir wider Erwarten beides erspart, und der Brief gerät durch Zufall in deine Hände, so beschwöre ich dich beim Andenken an deine Mutter, lies nicht weiter, sondern vernichte diese Zeilen und vergiß, daß es sie je gegeben hat.

Vernimm also die Wahrheit und nichts als die Wahrheit: Mein richtiger Name ist James Armitage. Deshalb erschrak ich auch so, als dein Freund die Buchstaben J. A. auf meinem Arm und, wie ich glaubte, mein Geheimnis entdeckte. Ich war zweiundzwanzig und angestellt bei einer Bank. Man ertappte mich bei ei-

20

ner Unregelmäßigkeit. Ich kam vor Gericht und wurde zur Deportation verurteilt.

Versuche, mich zu verstehen. Jugendlicher Leichtsinn ließ mich Spielschulden machen. Um mir aus der Klemme zu helfen, nahm ich Geld der Bank. Ich war sicher, es rechtzeitig zurücklegen zu können, bevor man den Verlust entdeckte. Aber ein böses Schicksal wollte es anders. Die Rückzahlung gewisser außenstehender Summen, mit der ich gerechnet hatte, blieb aus, und in der Bank erfolgte ganz überraschend eine Kassenkontrolle.

Heute würde ich wohl mildere Richter finden. Aber damals, vor 30 Jahren, waren die Gesetze viel strenger: An meinem dreiundzwanzigsten Geburtstag fand ich mich mit 37 anderen Sträflingen angekettet auf dem für Australien bestimmten Schoner Gloria Scott.

Man schrieb das Jahr 1855, der Krimkrieg befand sich auf seinem Höhepunkt. Aller verfügbarer Schiffsraum der Marine wurde für Truppentransporte ins Schwarze Meer benötigt. Daher charterte die Regierung für die Sträflingstransporte Schiffe von privaten Reedern. Die Gloria Scott, mit fünfhundert Tonnen Tragfähigkeit recht klein, war eines von diesen Fahrzeugen. Ursprünglich im Teehandel mit China eingesetzt, hatten ihr längst die neuen, schnittigeren und schnelleren Klipper den Rang abgelaufen.

Zur Besatzung zählten 26 Matrosen, 18 Seesoldaten, der Kapitän, drei Maate, ein Schiffsarzt, der Schiffsgeistliche und vier Aufseher für uns 38 Galgenvögel. Als wir in Falmouth ablegten, befanden sich also fast 100 Menschen an Bord.

Wir Sträflinge waren einzeln in eichenen Verschlägen untergebracht, deren Wände außergewöhnlich dünn waren. Mein Schicksalsgefährte im Verschlag nebenan war mir schon am Kai aufgefallen. Nicht nur, daß er uns alle mit seinen einmeterneunzig weit überragte, er schien auch kein bißchen bedrückt. Im Gegenteil. Alles machte ihm offensichtlich mächtig Spaß, urteilte man nach dem Lächeln in seinem blassen Gesicht, das eine lange spitze Nase zierte. Trotz der Ketten schritt er frei und aufrecht daher und blickte sich ohne Scheu um. Bei seinem Anblick schöpfte ich wieder etwas Mut und war natürlich besonders froh, ihn zum Nachbarn zu haben. Noch glücklicher war ich, als er mich in der Nacht durch das Loch, das er in die Wand zwischen unseren Verschlägen gebohrt hatte, ansprach:

»Pst, Kamerad! Wie heißt du? Was hast du denn ausgefressen?«

Ich gab Auskunft und fragte nach seinem Namen.

»Jack Prendergast heiß' ich«, antwortete er. »Und noch bevor wir auseinandergehen, wirst du Gott danken, daß du diesen Namen gehört hast.«

Ich erinnerte mich an seinen Fall, weil er landauf, landab größtes Aufsehen erregt hatte. Sehr begabt und aus einer guten Familie stammend, war ihm ein ununterdrückbarer Hang zu Geschäften eigen, die etwas außerhalb der Legalität lagen. So hatte er auf geniale Weise verstanden, führende Londoner Geschäftsleute um riesige Summen zu erleichtern.

»Du erinnerst dich doch an meinen Fall?« sagte er selbstbewußt.

Ich bejahte.

»Dann erinnerst du dich sicher auch daran, daß das ganze Geld weg war.«

»Allerdings! War's nicht fast eine Million?«

»Genau! Und was glaubst du, wo das Geld geblieben ist?«

»Woher soll ich das wissen?«

»Fort ist es, gut angelegt«, kicherte er hämisch. »Durch meine Finger sind mehr Scheinchen gegangen, als du Haare auf dem Kopf hast. Und wer Geld hat, Kamerad, und wer es auszugeben versteht, der kann alles. Nun denkst du natürlich, warum sitzt er dann hier, in diesem alten stinkenden Stall, wo es vor Ratten und Schaben nur so wimmelt, und scheuert sich das Hinterteil wund? Nein, nein, Sir. So ein Mann sorgt schon für sich, und er sorgt für seine Kameraden. Darauf kannst du Gift nehmen. Verlaß dich nur auf ihn und, ich nehm's auf meinen Eid, er bringt dich hier heraus.«

In dieser Art redete er immer weiter auf mich ein. Ich hielt zunächst alles für bloße Angabe. Doch er wollte sich auf diese Weise nur von meiner »Vertrauenswürdigkeit« überzeugen. Nach einiger Zeit ließ er mich nämlich feierlich absolute Verschwiegenheit schwören und weihte mich dann darin ein, daß er und ein Dutzend Häftlinge den Plan ausgeheckt hatten, das Schiff in ihre

Gewalt zu bringen. Ich merkte gleich, daß in der ganzen Geschichte Prendergast mit seinem Geld die treibende Kraft war.
»Ich hab' einen Kumpel«, sagte er. »Auf den ist hundertprozentig Verlaß. Das ist dir vielleicht 'n Kerl! Der versteht sein Geschäft. Was meinst du wohl, was der jetzt macht? Ha, ha! Er mimt den Kaplan auf diesem Kahn, den Schiffsgeistlichen. Mit den entsprechenden Klamotten, gut gemachten Papieren und genügend Geld in der Tasche, war das überhaupt kein Kunststück. Die Mannschaft hatte er schon gekauft, noch bevor die Burschen anheuerten. Zwei Aufseher sind ebenfalls auf unserer Seite und Mercer, der zweite Maat. Sogar den Käpt'n hätte er kaufen können, wenn es ihm darauf angekommen wäre.«
»Und wie wollt ihr das anfangen?« fragte ich.
»Was glaubst du wohl?« antwortete er. »Wir verpassen den Seesoldaten rote Röcke, die röter sind als die vom Schneider.«
»Aber sie sind doch bewaffnet!«
»Wir auch, mein Junge, wenn's soweit ist. Für jeden von uns gibt's eine doppelläufige Pistole. Und wenn es uns da mit der Mannschaft auf unserer Seite nicht gelingen sollte, das Schiff zu erobern, dann können wir uns gleich einsargen lassen. – Du sprichst heute nacht noch mit deinem andern Nachbarn und siehst zu, daß du ihn auf unsere Seite bringst.«
Evans, so hieß er damals, war etwa in meinem Alter und hatte irgendwelche Fälschungen begangen. Heute lebt er unter anderem Namen als reicher Mann im Süden. – Er schloß sich bereitwillig der Verschwörung an. Und noch bevor wir auf der Höhe Spaniens segelten, waren alle Gefangenen bis auf zwei auf unserer Seite. Den einen zogen wir nicht ins Vertrauen, weil er schwachsinnig war und uns vielleicht verraten hätte. Der andere war krank.
Alles lief wie geschmiert. Nichts stellte sich unserem Plan in den Weg. Die Mannschaft war wie gesagt gekauft und hielt still, tat so, als merke sie nichts. Der falsche Kaplan kam zu uns Sträflingen, um uns ins Gewissen zu reden und hatte die große schwarze Tasche voller Traktätchen. So eifrig war er in seinem Bekehrungswerk, daß binnen drei Tagen jeder Sträfling mit Feile, Pistole sowie Pulver und Blei ausgerüstet war.

Nachdem, wie gesagt, zwei Aufseher und der zweite Maat, von Prendergast gekauft, auf unserer Seite standen, belief sich das Häuflein unserer Gegner auf fünfundzwanzig: Die achtzehn Seesoldaten unter Führung von Leutnant Martin, zwei Aufseher, den Kapitän und die beiden anderen Maate sowie den Schiffsarzt. Unser Angriff sollte nachts erfolgen. Doch es kam anders. So etwa am Ende der dritten Woche machte der Schiffsarzt einen seiner üblichen Kontrollgänge bei uns Sträflingen. Als er einen, der über heftige Schmerzen im Fuß klagte, untersuchte, fiel sein Blick zufällig auf die schlecht versteckte Pistole. Statt sich nun nichts anmerken zu lassen, solange er zwischen uns war, wollte er anfangen zu schreien. Doch der Sträfling merkte gleich, was die Glocke geschlagen hatte. Er fuhr dem Doktor an die Gurgel, so daß der keinen Laut von sich geben konnte. Wir verschnürten ihn gut und legten ihn geknebelt in eine dunkle Ecke. Allerdings mußten wir jetzt losschlagen. Wir schnappten unsere Pistolen und schlichen aufs Oberdeck. Zwei wohlgezielte Schüsse streckten die völlig überraschten Wachtposten nieder. Das gleiche Schicksal widerfuhr einem dritten, der nachsehen kam, was der Lärm zu bedeuten hatte. Weitere zwei Soldaten ereilte das Schicksal vor dem Salon. Statt zu schießen versuchten sie, die Bajonette aufzustecken. Aber da waren die Sträflinge schon über ihnen. Nun liefen wir zur Kapitänskajüte. In dem Moment, da die Tür mit lautem Krach aufflog, ertönte von drinnen ein Knall, und Pulverdampf wölkte durch den Raum. Als er sich verzogen hatte, sah ich den Kapitän im Stuhl zusammengesunken mit dem Kopf auf dem Tisch liegen und daneben stand der Kaplan, die rauchende Pistole in der Hand. Langsam breitete sich eine Blutlache auf der großen Seekarte auf dem Tisch aus. Die beiden Maate hatte die Mannschaft geschnappt. Das Schiff war unser. In wilder Freude über die wiedergewonnene Freiheit lärmend, versammelten wir uns im Salon, um unseren Sieg zu feiern. Wilson, der falsche Kaplan, verteilte Brandyflaschen aus einem aufgebrochenen Wandschrank. Wir schlugen ihnen die Hälse ab und gossen das scharfe Zeug hinunter. In diesem Moment gellte uns Musketengeknatter in die Ohren. Schreie ertönten, Menschen brachen zusammen und wälzten sich ebenfalls schreiend auf dem Boden, wo sich ihr Blut mit dem Brandy mischte. Es sah aus wie in einem Schlachthaus. Noch heute wird mir übel, wenn ich daran denke.

Als sich das Durcheinander wieder gelichtet hatte, zählten wir acht Tote, darunter Wilson, den falschen Kaplan.

Wir waren in diesem Moment so geschockt, daß wir an keinerlei Gegenwehr mehr dachten. Anders Prendergast.

»Vorwärts«, schrie er uns an, riß die Tür des Salons auf und stürzte hinaus. Wir anderen, soweit wir noch laufen konnten, rannten blindlings hinterher und warfen uns auf die Soldaten, die, angeführt von Leutnant Martin, auf dem Hinterdeck standen und ihre Musketen nachluden. Doch bevor sie damit fertig waren, hatten wir sie niedergemacht. Erspare mir die Beschreibung des Anblicks.

Prendergast gebärdete sich wie ein Wahnsinniger. Eigenhändig zerrte er die Soldaten, ob tot oder lebendig, zur Reeling und stieß sie über Bord. Einer, schwer verwundet, schwamm noch eine ganze Weile neben dem Schiff her, bis ihm einer eine Kugel in den Kopf jagte.

So waren von unseren Gegnern nur noch der Doktor, die beiden Maate und die zwei Aufseher am Leben. Und ihretwegen kam es nun zum Streit. Vielen von uns genügte es, die Freiheit wiedergewonnen zu haben. Sie wollten nicht noch mehr Blutvergießen. Wir argumentierten, daß es einen Unterschied mache, ob man einen bewaffneten Soldaten im Kampf tötet oder ob man einen Wehrlosen kaltblütig umbringt.

Acht von uns, fünf Sträflinge und drei Matrosen, waren dafür, die Gefangenen am Leben zu lassen. Aber Prendergast ließ nicht mit sich reden. Er sagte, Sicherheit könne es für uns alle auf Dauer nur geben, wenn alle Zeugen beseitigt würden. Es kam schließlich so weit, daß man auch uns an den Kragen wollte. Schließlich bot uns Prendergast an, wir könnten das Schiff verlassen und unserer Wege gehen. Wir erklärten uns sofort mit Freuden damit einverstanden, denn wir hatten übergenug von der Metzelei.

Wir zogen Seemannskleidung an, nahmen einen Kompaß, luden ein Fäßchen Wasser und Proviant in ein Boot und ließen es zu

Wasser. Als wir schon alle darin saßen, erschien noch einmal Prendergast, warf uns eine Seekarte zu und gab uns unsere Position 15° 20′ Nord und 25° 14′ West an. Dann kappte er das Tau und ließ auf dem Schiff Segel setzen.

Während es sich langsam entfernte, saßen wir in unserer schaukelnden Nußschale und überlegten, wohin wir uns wenden konnten. Die Entscheidung, die nach langem Hin und Her fiel, lautete, daß wir versuchen sollten, so schnell wie möglich Land zu gewinnen. Das nächste allerdings, die Ostküste Afrikas, lag 700 Meilen entfernt, eine gewaltige Strecke für unsere Nußschale. Sehnsüchtig blickten wir dorthin, wo die Gloria Scott verschwunden war. Da sahen wir eine Rauchwolke aufsteigen, und Sekunden später hörten wir ein dumpfes Grollen. Was war geschehen?

Wir setzten sofort das kleine Segel des Bootes und legten uns kräftig in die Riemen. Trotzdem dauerte es eine Stunde, bis wir die ersten Wrackteile sichteten. Waren wir zu spät gekommen, um noch jemand zu retten? Aufmerksam musterten wir die treibenden Planken, Stangen und Spieren und sonstiges Treibgut. Schon wollten wir die Suche nach Überlebenden als aussichtslos abbrechen, da hörten wir einen schwachen Hilferuf. Es war Hudson, der an eine Planke geklammert im Wasser trieb. Wir zogen ihn ins Boot, flößten ihm einen Schluck Rum ein. Das half ihm wieder so weit auf die Beine, daß er erzählen konnte, was geschehen war:

Nachdem wir das Schiff verlassen hatten, erschoß Prendergast die beiden Aufseher und brachte auch den Schiffsarzt um. Dann wandte er sich zum Mannschaftsquartier, wo die beiden Maate gefesselt lagen. Als er die Tür öffnete, stürzten sich die Gefangenen, die es fertiggebracht hatten, die Fesseln zu lösen, auf ihn, schlugen ihn nieder und zogen sich in die Pulverkammer des Schiffes zurück. Die Sträflinge fanden sie dort neben einem geöffneten Pulverfaß stehen. Einer der Maate hatte die Pistole, die sie Prendergast abgenommen hatten, in der Hand und den Hahn gespannt. Er drohte, in das Pulver zu schießen und so das Schiff in die Luft zu sprengen, falls man ihnen auch nur ein Haar zu krümmen versuche. Was dann passierte, wußte Hudson nicht.

Vielleicht hatte einer der Häftlinge doch geschossen, oder der Maat machte seine Drohung wahr. Jedenfalls flog das Schiff in die Luft und nahm mit Ausnahme Hudsons alle mit in die Tiefe.

Wir Überlebenden in unserem kleinen Boot hatten unwahrscheinliches Glück, denn schon am nächsten Morgen wurden wir von der Brigg Hotspur aufgefischt. Sie war ebenfalls nach Australien unterwegs. Ihr Kapitän schenkte unserer Geschichte vom Schiffbruch ohne weiteres Glauben – wir hatten das Boot, als das Schiff auftauchte, versenkt und behauptet, es sei leck geschlagen gewesen und habe sich nicht länger über Wasser halten können. So konnte uns nichts verraten, denn wir hatten nur noch die Seemannskleider am Leibe, als man uns aus dem Wasser zog.

Die Gloria Scott wurde nach geraumer Zeit als aus unbekannter Ursache gesunken von der Admiralität verloren gegeben. Über ihr wahres Schicksal ist nie ein Sterbenswörtchen laut geworden.

Die Hotspur brachte uns nach Sydney. Von dort schlugen Evans und ich – wir hatten natürlich andere Namen angenommen – uns bis zu den Goldfeldern durch. Hier war uns das Schicksal wohlgesonnen: Wir wurden reich. Glückliche Geschäfte, die uns weit in der Welt herumführten, vermehrten unser Vermögen. Schließlich kehrten wir nach England zurück und erwarben hier Haus und Grundbesitz.

Zwanzig Jahre haben wir friedlich hier gelebt, bis uns mit Hudson die Schatten der Vergangenheit einholten. Ich habe ihn sofort erkannt. Wie konnte er uns nur nach so langer Zeit finden? Ich habe mich seinen Wünschen gefügt, drohte er doch, alles zu verraten. Wie wird es Beddoes gehen, zu dem er jetzt unterwegs ist?

Mein Victor, teurer Sohn. Noch einmal bitte ich dich, urteile nicht so hart über mich. Ob es mir gelungen ist, in meinem Leben etwas von dem Unrecht, das ich getan, wieder gutzumachen, weiß ich nicht. Ich habe es versucht!

Verzeih deinem dich liebenden Vater.

Der Rest, Watson, ist schnell erzählt. Victor nahm sich die Sache so sehr zu Herzen, daß er England verließ. Er landete schließlich in Ceylon und betreibt heute dort eine Teeplantage.

Von Beddoes und von Hudson hat man nie wieder etwas gehört. Das letzte Lebenszeichen war jene Warnung, die uns zunächst soviel Kopfzerbrechen machte. Auch erfolgte nie eine Anzeige. Ich vermute, daß sich Beddoes des Erpressers Hudson auf irgendeine Weise entledigte und dann untertauchte.

Mir aber, Watson, zeigten die Ereignisse um den Tod des Friedensrichters, wo meine Lebensaufgabe lag. Es ist schon seltsam, wie das Schicksal die Fäden webt. Denn hätte mich nicht eines Tages Victor Trevors Hund gebissen, es gäbe vielleicht heute den Sherlock Holmes, den Sie und so viele andere kennen, gar nicht.

Der Daumen des Ingenieurs

Nicht immer hatte Sherlock Holmes ausgiebig Gelegenheit zu glänzen und alle Beteiligten durch seinen Scharfsinn zu verblüffen. Es gab auch einfacher gelagerte Fälle. Ich denke da zum Beispiel an den Fall des Ingenieurs, der seinen Daumen verlor. Ich erinnere mich daran auch deshalb so gut, weil es einer der wenigen Fälle war, zu denen Holmes durch meine Vermittlung kam.
Zwei Jahre ist das jetzt her. Ich war damals schon ein Weilchen verheiratet. Meine Praxis lief gut. Trotzdem blieb mir die Zeit, Holmes regelmäßig in der Baker Street zu besuchen. Und erfreulicherweise brachte auch er es gelegentlich übers Herz, seiner Bude den Rücken zu kehren und in meinem ordentlich geführten Haus Einkehr zu halten. Allerdings plauderten wir hier mit Rücksicht auf meine Frau kaum über Verbrechen.
Unter meinen Patienten war ein Bahnbeamter, der am Bahnhof Paddington unweit meiner Praxis Dienst tat. Seit ich diesen guten Mann von einem recht schmerzhaften und hartnäckigen Leiden befreit hatte, wurde er nicht müde, überall und jederzeit mein Lob zu singen. Das ging sogar so weit, daß er immer wieder neue Patienten herbeischleppte.
Eines Sommermorgens, kurz vor sieben, weckte mich unser Hausmädchen mit der Nachricht, im Wartezimmer säßen zwei Patienten. Sie kämen vom Bahnhof Paddington. Ich sprang aus dem Bett und zog mich in aller Eile an.
Ich lief die Treppe hinunter – und wer kam da aus dem Wartezimmer und schloß sorgfältig die Tür hinter sich? Mein so überaus dankbarer Patient, der Bahnbeamte vom Bahnhof Padding-

ton. Er faßte mich am Arm und flüsterte mir im Ton eines Verschwörers zu: »Ich habe ihn gleich hierher geschleppt.« Dabei deutete er mit dem Daumen über die Schulter auf die verschlossene Tür. »Aber, keine Sorge, er ist soweit in Ordnung.«

»Wie bitte?« fragte ich, denn das hörte sich so an, als habe er ein wildes Tier im Zimmer eingesperrt.

»Ich habe Ihnen einen neuen Patienten gebracht.« – Er flüsterte immer noch. – »Ich dachte mir, gehst besser mit, dann kann er sich nicht verdrücken. Jetzt ist er hier, mit Haut und Haar. Aber ich muß weiter, Doktor, die Pflicht ruft, und Sie haben auch zu tun.«

Und fort war die treue Seele, noch bevor ich danken konnte.

Im Wartezimmer saß ein junger Mann, so um die 25 Jahre alt. Er steckte in einem blauen Overall. Die Mütze hatte er vor sich auf den Tisch gelegt. Um seine linke Hand war ein blutgetränktes Tuch gewickelt. Er mußte viel Blut verloren haben. Auch das extrem bleiche Gesicht wies darauf hin.

Während wir ins Behandlungszimmer gingen, sagte er: »Ich bitte um Entschuldigung, Doktor, daß ich Sie so früh herausklopfen mußte. Aber ich habe mir heute nacht eine böse Verletzung zugezogen, und als ich auf dem Bahnhof nach einem Arzt fragte, brachte mich der Beamte gleich zu Ihnen. – Heatherley ist mein Name, Victor Heatherley, Ingenieur und Fachmann für Hydraulikanlagen, Victoria Street 16 a, dritter Stock.«

»Es tut mir leid, daß Sie etwas warten mußten. Jetzt lassen Sie mal sehen, was Sie da haben.«

Er streckte mir die Hand hin – und kippte vom Stuhl. Das heißt, ich konnte ihn gerade noch auffangen. Doch nach einem ordentlichen Schluck Whisky war er wieder da.

»Es geht schon«, sagte er und lächelte etwas mühsam. »Es war halt ein bißchen viel. Schließlich verliert man auch nicht alle Tage seinen Daumen.«

Tatsächlich. Als ich das blutgetränkte Tuch vorsichtig entfernt hatte, sah ich vor mir eine kräftige, wohlgeformte Hand. Doch dort, wo der Daumen hätte sein sollen, war nichts, gar nichts, nur ein glatter Schnitt, der jetzt wieder zu bluten begann.

»Hm«, sagte ich, »muß ganz schön geblutet haben.«

»Hat's auch!« entgegnete er. »Allerdings habe ich nicht allzuviel
davon gemerkt. Ich bin nämlich, nachdem es passierte, schon mal
ohnmächtig gewesen, sogar ziemlich lang, glaube ich. Zum
Glück bin ich noch rechtzeitig aufgewacht, bevor alles Blut drau-
ßen war.«
»Ja, Sie haben Glück, daß im Daumen keine Schlagader verläuft.
Muß ja ein ganz schön scharfes Instrument gewesen sein, mit
dem Sie da Bekanntschaft gemacht haben.«
»Ja, ein Beil.«
»Ein Unfall?«
»Nein!«
»Was dann? Wollte Ihnen jemand ans Leder?«
»Nicht nur ans Leder, ans Leben!«
»Um Himmels willen!«
Inzwischen hatte ich die Wunde desinfiziert und vernäht, wobei
er sich wacker hielt, nur gelegentlich zusammenzuckte.
»Geht's jetzt wieder?« fragte ich.
»Oh, ich fühle mich prächtig!« antwortete er. »Ihr Whisky und
Ihre Nadel haben mich wieder zusammengeflickt.«
»Ich glaube, Sie sollten jetzt doch sagen, was passiert ist. Wenn
ein Verbrechen vorliegt, muß ich die Polizei informieren.«
»Was ich erlebt habe, ist ohne Zweifel ein Fall für die Polizei.
Nur wird sie mir nicht glauben, so unwahrscheinlich, so phanta-
stisch hört sich meine Geschichte an. Und hätte ich nicht diesen
sichtbaren Beweis« – er hielt die verletzte Hand in die Höhe –,
»ich selbst hielte das Ganze für einen Alptraum. Und auch wenn
man mir glauben sollte, mit den wenigen Hinweisen, die ich geben kann, wird es kaum gelingen, die Verbrecher zu fangen und
vor Gericht zu stellen.«
»Ha!« rief ich, »das scheint mir ein Fall für Sherlock Holmes.«
»Von dem habe ich auch schon gehört«, meinte mein Patient.
»Das wäre natürlich eine tolle Sache, wenn er sich meines Falles
annehmen würde. Die Polizei werden wir allerdings kaum über-
gehen können.«
»Nichts läge mir oder meinem Freund Holmes ferner.«
»Doktor, wenn Sie es fertig bringen, daß Sie Sherlock Holmes
für meinen Fall gewinnen, dann sind Sie der Größte!«

31

»Nichts leichter als das. Wir gehen einfach hin, und Sie erzählen ihm Ihre Geschichte.«

»Oh, wunderbar! Ich bin Ihnen wirklich dankbar, daß Sie mir auch auf diese Weise helfen wollen.«

»Ach, nicht der Rede wert. Ich lasse jetzt eine Kutsche bestellen und dann fahren wir in die Baker Street. Um die Zeit dürfte Holmes gerade frühstücken. Er hat also ganz bestimmt Zeit, sich anzuhören, was Ihnen passiert ist. Und Ihnen wird es gewiß auch nichts schaden, wenn Sie eine Tasse Tee trinken und ein paar Löffel Porridge essen. – Fühlen Sie sich einer Kutschfahrt gewachsen?«

»Aber sicher!«

»Gut, dann entschuldigen Sie mich für einen Moment.«

Ich klingelte dem Diener und befahl ihm, eine Kutsche zu besorgen. Dann sagte ich meiner Frau Bescheid, und keine fünf Minuten später waren wir unterwegs in die Baker Street.

Holmes saß, wie ich vermutet hatte, am Frühstückstisch und wartete, daß aufgetragen würde. Er hatte noch den Morgenmantel an, las in der Times die Leserbriefe und schmauchte sein erstes Pfeifchen. Es war wie immer gefüllt mit den Zigaretten- und Zigarrenstummeln vom Vortag. Die pflegte er nämlich sorgfältig in einer Schale zu sammeln, die auf dem Kaminsims stand.

Die Begrüßung war, typisch für Holmes, gelassen freundlich. Er ließ noch mehr Eier mit Schinken kommen und forderte uns auf, ordentlich zuzulangen, was wir uns nicht zweimal sagen ließen. Nach dem Frühstück komplimentierte er unseren neuesten »Fall« aufs Sofa, schob ihm ein Kissen unter den Kopf und rückte ihm den Whisky samt Glas und Karaffe mit Wasser in Reichweite.

»Es sieht so aus, als hätten Sie ein nicht gerade alltägliches Erlebnis gehabt, Mr. Heatherley«, sagte er. »Wenn Sie darüber sprechen wollen, ich höre mir die Geschichte gerne an. Und wenn Sie zwischendurch eine Stärkung nötig haben sollten, so lassen Sie sich bitte nicht nötigen.« Er deutete auf die Whiskyflasche.

»Danke, seit mich der Doktor hier verarztet hat, geht's mir schon wesentlich besser. Und Ihr königliches Frühstück hat mir endgültig wieder auf die Beine geholfen. Ich will versuchen, so wenig wie möglich von Ihrer kostbaren Zeit in Anspruch zu nehmen. Fangen wir also gleich mit meinen Erfahrungen im Wirtschaftsleben an.«

Holmes saß im Lehnstuhl, auf seinem Gesicht lag jener Ausdruck von Gelassenheit, fast Schläfrigkeit, der nichts von seinem scharfen und wachen Verstand ahnen ließ. Ich hatte ihm gegenüber Platz genommen und wartete gespannt, was unser Klient zu erzählen haben würde.

»Ich bin Junggeselle, ohne jeden Anhang und wohne in London. Von Beruf Ingenieur und auf hydraulische Anlagen spezialisiert, arbeitete ich sieben Jahre bei der bekannten Firma Wenner und Metterson in Greenwich. Als mein Vater starb, hinterließ er mir so viel Geld, daß ich den Schritt in die Selbständigkeit wagen konnte. Meine Büroräume mietete ich in der Victoria Street.

Ich glaube, die ersten Schritte als Unternehmer sind immer die schwersten. Jedenfalls ging es mir so. In den vergangenen zwei Jahren hatte ich einen einzigen kleinen Auftrag und wurde gerade dreimal als Berater herangezogen. Verdient habe ich in der ganzen Zeit die ungeheure Summe von 27,10 Pfund. Tag für Tag saß ich hinter meinem Schreibtisch und wartete von neun Uhr morgens bis nachmittags um vier auf Kunden. So allmählich kam ich zu der Überzeugung, daß ich wohl nie auf einen grünen Zweig kommen würde, es müßte denn ein Wunder geschehen.

Gestern dann, ich wollte gerade gehen, kam endlich wieder ein Kunde. Er wies sich per Visitenkarte als Colonel Lysander Stark aus, war mittelgroß und spindeldürr. Ich habe noch nie einen so dünnen Menschen gesehen. Das Gesicht bestand fast nur aus Nase und Kinn, über die vorspringenden Wangenknochen spannte sich die Haut ohne ein Lot Fleisch oder Fett. Doch schien diese extreme Magerkeit alles andere als krankhaft. Blick, Bewegungen und Benehmen waren ganz normal, seine Kleidung anspruchslos und sauber. Sein Alter schätzte ich eher auf die Vierzig zu als auf die Dreißig.«

»Mr. Heatherley«, sagte er, »man hat Sie mir als tüchtigen Ingenieur empfohlen, der nicht viel herumredet und auch schon mal eine Sache für sich behalten kann.«

Ich war, wie wohl jeder andere an meiner Stelle, geschmeichelt: »Und wem habe ich diese Empfehlung zu verdanken?«

»Das tut nichts zur Sache. Man hat mir jedenfalls auch versichert, daß Sie Junggeselle und ohne Anhang sind. Sie wohnen allein in London?«

»Stimmt genau. Aber, mit Verlaub, das hat doch wohl kaum etwas mit meiner fachlichen Qualifikation zu tun. Jedenfalls nehme ich an, daß Sie in Geschäften zu mir gekommen sind!«

»Allerdings. Aber dabei sind auch die anderen angesprochenen Dinge wichtig. Es geht um einen Auftrag, der absolute Verschwiegenheit, ich wiederhole, die äußerste Verschwiegenheit, verlangt. Und die ist eher bei einem gewährleistet, der allein lebt, als bei einem, der viele liebe Angehörige um sich hat.«

»Sie können sicher sein«, entgegnete ich hitzig, »daß ich durchaus imstande bin, Dinge für mich zu behalten, wenn es verlangt wird.«

Er schaute mich mißtrauisch und durchbohrend an.

»Versprechen Sie es also?« meinte er nach einer Weile.

»Sie haben mein Wort!«

»Absolutes, hundertprozentiges Schweigen über die Geschichte. Vorher, während und nachher? Schriftlich und mündlich?«

»Versprochen!«

»Ausgezeichnet!«

Wie der Blitz war er auf den Beinen, sauste zur Zimmertür und riß sie auf. Niemand war draußen.

»Na ja«, meinte er und machte die Tür wieder zu. »Wäre nicht das erste Mal gewesen, daß sich ein Angestellter hinter die Tür des Chefs verirrt, wenn der Geschäfte hat. Jetzt können wir unbesorgt sprechen.«

Er setzte sich wieder auf den Besucherstuhl, rückte ihn dicht an den Schreibtisch und beugte sich weit zu mir herüber. Und dabei schaute er mich wieder so eindringlich mißtrauisch an. Ein Gefühl des Widerwillens, fast so etwas wie Furcht beschlich mich, angesichts des seltsamen Benehmens meines Besuchers. In dem Moment war mir völlig egal, ob das Geschäft zum Teufel ging, und ich platzte heraus: »Wenn Sie keinen Auftrag für mich haben, dann stehlen Sie mir bitte nicht länger meine kostbare Zeit.«

Seine Antwort war: »Wie würden Ihnen 50 Guineas gefallen? Als Lohn für die Arbeit einer Nacht!«

»Nicht schlecht!«

»Das heißt, eine ganze Nacht werden Sie kaum brauchen, eher eine Stunde. Sie sollen nur feststellen, warum eine hydraulisch betriebene Presse nicht funktioniert. Die Reparatur nehmen wir selbst vor. Akzeptieren Sie?«

»Warum nicht?« sagte ich. »Das scheint mir keine große Arbeit für eine gute Bezahlung.«

»Sie haben's erfaßt. Wir erwarten Sie also heute nacht mit dem letzten Zug.«

»Wo soll ich hinkommen?«

»Nach Eyford in Berkshire. Das ist ein kleines Nest an der Grenze nach Oxfordshire, etwa 11 km hinter Reading. Ihr Zug geht am Bahnhof Paddington ab und ist gegen 23.15 Uhr da.«

»In Ordnung!«

»Sie werden mit der Kutsche abgeholt!«

»Und wo geht es dann hin?«

»Aufs Land. Vom Bahnhof Eyford sind es knappe 12 km.«

»Das heißt also, daß ich keine Chance haben dürfte, noch in der gleichen Nacht nach London zurückzufahren? Ich werde irgendwo übernachten müssen.«

»Dafür ist gesorgt.«

»Na schön. Mir wäre es allerdings lieber, ich könnte tagsüber zu Ihnen kommen.«

»Es muß nun einmal nachts sein! Glauben Sie, wir zahlen für nichts und wieder nichts einem jungen unerfahrenen Mann einen Batzen Geld, für das wir uns den angesehensten und teuersten Meister leisten könnten? Wenn Ihnen die Bedingungen nicht passen, dann steigen Sie aus dem Geschäft.«

Ich dachte an die 50 Guineas und wie gut ich sie gebrauchen könnte.

»Man wird ja wohl noch fragen dürfen! Ich komme dann also zur vereinbarten Zeit. Aber ein bißchen mehr sollten Sie mir über den Job schon sagen!«

»Selbstverständlich! Sie müssen ja neugierig sein. Sie sollen sich auch nicht endgültig zu etwas verpflichten, bevor Sie wissen, worum es geht. Sind Sie auch ganz sicher, daß uns niemand belauschen kann?«

»Absolut!«

»Also, die Sache ist die. Sie wissen vielleicht, wie wertvoll Bleicherde ist. Und vielleicht wissen Sie auch, daß man sie in ganz England nur an einer, höchstens zwei Stellen findet.«

»Ja, ich habe davon gehört.«

»Nun, ich habe vor einiger Zeit in der Nähe von Reading ein Grundstück, ein sehr kleines Grundstück gekauft. Und was entdeckte ich darauf? Ein Vorkommen von Bleicherde. Leider handelte es sich nur um einen ganz schmalen Streifen, der zwei weitaus größere Vorkommen auf den angrenzenden Grundstücken verbindet. Deren Besitzer haben natürlich nicht die geringste Ahnung, auf welchem Schatz sie sitzen. Ich aber habe dummerweise nicht genug Geld, um ihnen ihr Land abzukaufen. Daraufhin zog ich ein paar gute Freunde ins Vertrauen. Sie rieten mir, mein Vorkommen auszubeuten, aber so, daß niemand etwas davon merkte. Mit dem Geld, das ich auf diese Weise verdiente, könnte ich dann die angrenzenden Grundstücke erwerben. Sogar das Startkapital liehen mir meine Freunde.

Gesagt, getan. Ich ließ in meinem Haus eine hydraulische Presse aufstellen und begann die Bleicherde abzubauen und zu verkaufen. Die Presse aber funktioniert seit kurzem nicht mehr richtig, und Sie sollen mir sagen, woran das liegt.

Nun kann ich es mir natürlich nicht leisten, daß durch Ihren Besuch bekannt wird, daß ich eine hydraulische Anlage betreibe. Man würde sicher fragen warum und würde so lange nachforschen, bis man hinter mein Geheimnis kommt. Und dann wäre es vorbei mit dem Grundstückskauf und der Chance, auch die angrenzenden Bleicherdevorkommen auszubeuten. Deshalb dürfen Sie niemandem auch nur ein Sterbenswörtchen davon sagen, daß Sie heute nacht nach Eyford fahren. Ich hoffe, Sie haben das begriffen!«

»Vollkommen! Ich verstehe nur nicht, warum Sie eine hydraulische Presse brauchen, um Bleicherde abzubauen. Die wird doch, wenn ich recht unterrichtet bin, gewonnen wie Sand oder Kies?«

Er kicherte: »Ach wissen Sie, ich habe da meine eigenen Methoden. Die Erde wird in brikettgroße Ziegel gepreßt, und so kann man sie ohne Aufsehen aus dem Haus schaffen. Aber das ist unwichtig. Sie wissen jetzt jedenfalls, worum es geht, und Sie haben strengstes Stillschweigen zu bewahren!«

Er stand auf.

»Also dann, bis heute nacht, 23.15 Uhr, Bahnhof Eyford. Und nochmals: Zu niemandem ein Wort darüber!«

Und draußen war er.

»Ja, meine Herren! Sie werden sich gewiß denken können, wie erstaunt ich über diesen unerwarteten Auftrag war. Mir war nur nicht so recht wohl dabei. Auf der einen Seite lockte ein fürstliches Honorar, zehnmal so hoch, wie ich es selbst angesetzt hätte. Auf der anderen Seite hatte mein Kunde nicht gerade den besten Eindruck auf mich gemacht. Auch klang die Geschichte mit der Bleicherde als Begründung für die Notwendigkeit nächtlicher Reparatur und seine panische Furcht vor Mitwissern reichlich dünn.

Schließlich schob ich doch alle Bedenken beiseite, nahm ein kräftiges Abendbrot zu mir und machte mich auf den Weg.

In Reading mußte ich umsteigen. Der Zug nach Eyford war der letzte am Abend. In Eyford stieg außer mir niemand aus. Auf dem Bahnsteig stand nur der gähnende Stationsvorsteher mit seiner Laterne. Ich ging auf den Vorplatz, und da stand dann auch, außerhalb des trüben Lichtkreises, den die Laterne warf, mein Kunde. Ohne ein Wort zu sagen zog er mich in die Kutsche, hüpfte hinterher, schlug die Tür zu, schloß die Vorhänge vor beiden Seitenfenstern, klopfte kräftig an die Wand zum Kutschbock und los ging die Fahrt, so schnell das Pferd laufen konnte.«

»Ein Pferd nur?« unterbrach ihn Holmes.

»Ja.«

»Was hatte es für eine Farbe?«

»Soweit ich das beim Schein der Wagenlaterne sehen konnte, war's ein Brauner.«

»Frisch oder müde?«

»Es schien sehr munter.«

»Danke. Erzählen Sie weiter. Ihre Geschichte ist wirklich interessant.«

»Wir fuhren etwa eine Stunde. Der Colonel hatte die Entfernung mit etwa 12 km angegeben. Der Geschwindigkeit und der Zeit nach schätze ich die zurückgelegte Strecke allerdings eher auf 18 bis 20 km. Stark saß die ganze Zeit schweigend neben mir. Jedesmal, wenn ich ihm einen Blick zuwarf, starrte er mich mißtrauisch an. Der Weg schien sich nicht im besten Zustand zu befinden, denn die Kutsche stieß und schlingerte erbärmlich. Hinausschauen konnte man nicht, weil die Scheiben aus Milchglas waren. Gelegentlich flog ein verschwommener Lichtschein vorüber. Ich versuchte, ein Gespräch anzufangen, erhielt aber nur einsilbige Antworten. Die Unterhaltung schlief so schnell wieder ein. Schließlich wich das Poltern der Räder einem Knirschen auf Kies, die Kutsche hielt. Der Colonel sprang hinaus. Draußen packte er mich gleich wieder und zog mich durch eine offene Tür in die Diele. Da die Kutsche direkt vor der Tür gehalten hatte und wir beide auf der ihr zugewandten Seite der Kutsche ausstiegen, sah ich vom Haus so gut wie gar nichts. Kaum war ich drinnen, fiel die Tür schwer ins Schloß. Gedämpftes Knirschen und Klappern, das sich entfernte, verriet, daß die Kutsche fortfuhr.

Wir standen im Dunkeln. Der Colonel kramte nach Streichhölzern, wobei er Unverständliches vor sich hin murmelte. In dem Moment öffnete sich am anderen Ende des Flurs eine Tür, ein breiter Strahl goldenen Lichts fiel heraus. Die Tür schwang weiter auf. Heraus trat eine junge Frau mit einer Laterne in der Hand. Sie war recht hübsch und steckte, soweit ich das sehen konnte, in teuren Kleidern. Sie fragte meinen Begleiter irgend etwas, was ich nicht verstand, denn sie sprach nicht Englisch. Er fuhr sie daraufhin ganz barsch an, so daß sie heftig zusammenzuckte. Der Colonel trat zu ihr hin und flüsterte ihr etwas ins Ohr. Sie gab ihm die Laterne, wandte sich um und verschwand wieder hinter der Tür.

Der Colonel drehte sich zu mir und sagte: »Wenn Sie bitte hier in dem Zimmer ein paar Minuten warten.« Dabei öffnete er eine Tür. Der Raum war sparsam möbliert. In der Mitte stand ein runder Tisch, auf dem ein paar Bücher lagen. Der Colonel stellte die Laterne auf das Harmonium neben der Tür und sagte: »Es dauert wirklich nur einen Moment« und verschwand im dunklen Flur.

Ich blätterte in den Büchern. Und obwohl ich die Sprache nicht beherrsche, sah ich, daß sie alle deutsch geschrieben waren. Bei zweien handelte es sich offenbar um wissenschaftliche Bücher. Ich ging zum Fenster, vielleicht konnte man trotz der Dunkelheit draußen etwas sehen. Aber wieder Fehlanzeige. Die schweren eichenen Läden waren geschlossen und ohne jeden Spalt, daß man hätte hinausblicken können. Im Haus war es totenstill. Nur irgendwo im Flur tickte eine Uhr. Ich begann mich unbehaglich zu fühlen. Was waren das für Deutsche? Und was taten sie hier in dem abgelegenen Haus? Wo war ich überhaupt? Zirka 18 bis 20 km weit weg von Eyford, das wußte ich, aber nicht, ob nach Süden, Osten, Norden oder Westen! Es konnte natürlich sein, daß Reading oder ein anderes größeres Städtchen gar nicht weit weg und das Haus doch nicht so abgeschieden lag. Aber es stand mit Sicherheit irgendwo auf dem Land, sonst hätte es nicht so still sein können.

Ich lief auf und ab und summte ein Lied, um munter zu bleiben. Dabei dachte ich, daß ich mir meine 50 Guineas gar nicht so leicht verdiente. Da schwang die Tür des Zimmers auf, ohne daß ich jemand hatte kommen hören. Herein trat die junge Frau, die der Colonel so barsch des Flures verwiesen hatte. Im Schein der Lampe sah ich einen Ausdruck von Sorge auf ihrem hübschen Gesicht. Da fing auch mein Herz an zu klopfen. Sie legte einen zitternden Finger vor die Lippen, um mir Schweigen zu gebieten, und begann in gebrochenem Englisch zu sprechen, wobei sie immer wieder wie ein gehetztes Wild zurück in die Dunkelheit des Flures blickte.

»Gehen Sie!« sagte sie, bemüht, ganz leise zu sprechen. »Gehen Sie! Sie hätten gar nicht herkommen sollen. Wenn sie hierbleiben, werden Sie das bereuen.«

»Aber, gnädige Frau«, erwiderte ich, »ich bin doch gerade erst gekommen und habe meinen Auftrag noch gar nicht erfüllt! Ich muß mir doch erst noch die Maschine anschauen. Dann erst kann ich wieder gehen.«

»Sie brauchen nicht hier zu bleiben«, fuhr sie fort. »Sie können gehen, niemand hindert Sie daran!«

Ich schüttelte lächelnd den Kopf. Als sie das sah, gab sie ihre Zurückhaltung auf, trat dicht zu mir heran, packte mich mit der Hand an der Schulter und schüttelte mich: »Um Himmels willen«, flüsterte sie eindringlich, »gehen Sie, bevor es zu spät ist!« Nun, ich bin ein ziemlich eigensinniger Mensch und versteife mich gern um so mehr auf eine Sache, je größer die Hindernisse sind, die sich mir in den Weg stellen. Ich dachte an meine 50 Guineas, die langweilige und umständliche Herfahrt sowie eine ungemütliche Nacht, die vor mir lag. Sollte das alles umsonst gewesen sein? Warum sollte ich mich davonschleichen, ohne meinen Auftrag erledigt zu haben und den Lohn dafür in den Wind schlagen? Die Frau schien nicht alle beisammen zu haben. Ich muß zugeben, daß mich ihre Worte doch ein bißchen beeindruckt hatten. Nur mochte ich es vor mir selbst nicht zugeben. So schüttelte ich nochmals kräftig verneinend den Kopf und erklärte, bleiben zu wollen, wo ich war. Daraufhin setzte sie erneut zum Sprechen an. Aber man hörte eine Tür zufallen und Schritte eine Treppe herunterkommen. Sie lauschte, ließ die erhobene Hand resignierend sinken und verschwand ebenso lautlos und plötzlich, wie sie aufgetaucht war.

Ins Zimmer traten Colonel Lysander Stark und ein kleiner, dikker Mann mit einem spärlichen Bärtchen, das aus den Falten seines Doppelkinns sproß. Der Colonel stellte ihn mir als Mr. Ferguson vor, sein Sekretär und Manager. Dann fuhr er fort: »Hatte ich nicht die Tür geschlossen? Hoffentlich hat es Ihnen nicht zu sehr gezogen!«

»Ganz im Gegenteil«, war meine Antwort. »Ich habe ja selbst aufgemacht, weil ich das Gefühl hatte, in dem kleinen Raum zu ersticken.«

Er bedachte mich mit einem seiner mißtrauischen Blicke: »Ich denke, wir widmen uns lieber unserem Geschäft«, meinte er. »Ferguson und ich werden Ihnen jetzt die Maschine zeigen.«

»Da will ich mal meinen Hut aufsetzen.«

»Wozu denn? Wir bleiben doch im Haus!«

»Ja wie denn? Sie bauen die Bleicherde hier im Haus ab?«

»Aber nein doch. Hier wird sie nur gepreßt. Aber das spielt doch wohl keine Rolle. Schließlich sollen Sie sich ja nur die Maschine anschauen und uns sagen, warum sie nicht richtig funktioniert.«

Wir gingen zusammen die Treppe hoch, vorneweg der Colonel mit der Laterne, dahinter der fette Manager und dann ich. Das Haus schien mir das reinste Labyrinth mit seinen zahllosen Fluren, Durchgängen, schmalen Wendeltreppen und ebenso schmalen, niedrigen Türen, deren Schwellen ausgetreten waren von Generationen von Bewohnern. Alles war nackt und kahl. Nirgendwo lag ein Läufer oder ein Teppich, stand ein Möbelstück. Von den Wänden bröckelte der Putz, dunkle, schmutziggrüne Flecken verrieten feuchtes Mauerwerk. Nach außen gab ich mich ganz gelassen und unbefangen. Doch die Worte der jungen Frau gingen mir immer noch im Kopf herum. Und auch wenn ich die Warnung abgetan hatte, ich hielt doch ein scharfes Auge auf meine zwei Begleiter.

Schließlich blieb der Colonel vor einer niedrigen Tür stehen und schloß sie auf. Der Raum dahinter war quadratisch und so klein, daß wir gar nicht alle hineinpaßten. Ferguson blieb draußen, der Colonel und ich quetschten uns hinein.

»Wir befinden uns«, sagte er, »direkt in der hydraulischen Presse. Es würde etwas unangenehm für uns werden, sollte jemand die Maschine jetzt in Gang setzen. Über uns sehen Sie den Stempel, der zum Pressen abgesenkt wird. Der Druck, den wir hier am Metallboden erreichen, beträgt einige Tonnen. Die Hydraulikpumpe und das Gestänge liegen außerhalb dieses Raumes. Die Presse funktioniert zwar noch, arbeitet aber nicht mehr mit voller Leistung. Sie sollen uns sagen, warum und wie wir den Fehler abstellen.«

Ich nahm die Laterne und begann mit meiner Inspektion. Es war wirklich eine gewaltige Anlage, die enorme Drücke erzeugen konnte. Dann ging ich hinaus und setzte die Presse in Gang. Ein Zischen verriet mir sofort, daß irgendwo ein Leck sein mußte, so daß sich nicht der volle Druck aufbauen konnte. Und nach kurzem Suchen hatte ich den Fehler entdeckt: eine schadhafte Dichtung. Ich setzte meinen beiden Begleitern die Sache eingehend auseinander. Sie hörten angelegentlich zu und stellten ein paar Fragen zur Reparatur.

Und während die beiden noch miteinander den Fehler besprachen, schlüpfte ich nochmals in die Kammer, eigentlich nur, um meine Neugierde zu befriedigen. Ganz offensichtlich war nämlich die Sache mit der Bleicherde nur vorgeschoben, denn um die zu pressen, brauchte man keinen so enormen Druck. Die Holzwände verrieten mir nichts. Doch als ich mich dem Stahlboden zuwandte, stellte ich fest, daß er mit einer Schicht anderen Metalls überzogen war. Ich kniete nieder und kratzte daran, um festzustellen, woraus genau sie bestand. Da hörte ich einen gezischten Fluch und als ich aufschaute, blickte ich in die leichenblasse verzerrte Visage des Colonels.

»Was machen Sie da?« fauchte er.

In mir kochte es, weil er mir einen solchen Bären aufgebunden hatte, und so sagte ich sarkastisch: »Ich bewundere Ihre Bleicherde! Wenn Sie fachmännischen Rat wollen, sollten Sie doch lieber den wahren Verwendungszweck Ihrer Maschine angeben!«

Die Worte waren mir kaum entschlüpft, da bereute ich sie schon. Sein Gesicht verzerrte sich vor Wut, die Augen funkelten böse.

»Na schön«, giftete er. »Sie sollen alles erfahren!«

Er zog den Kopf zurück, knallte die Tür zu und drehte den Schlüssel rum. Ich sprang auf und rüttelte an der Klinke, warf mich gegen das Holz. Vergebens, er hatte mich eingesperrt, und die Tür gab keinen Zentimeter nach.

»Aufmachen!« schrie ich, »machen Sie sofort auf, Colonel!«

Keine Antwort. Statt dessen ein Geräusch, das mein Herz stocken ließ: Das Klappern des Gestänges und das Zischen der defekten Dichtung. Er hatte die Maschine in Gang gesetzt! Um Himmels willen! Hatte er auch die Hydraulik eingeschaltet? Ich stürzte zur Lampe, die noch auf dem Boden stand, und hielt sie hoch über meinen Kopf. Langsam, aber unausweichlich senkte sich die große dunkle Fläche auf mein Haupt herab. In höchstens einer Minute mußte ich platt gequetscht sein wie ein Pfannkuchen, das wußte niemand besser als ich.

Ich brüllte, hämmerte gegen die Tür, versuchte mit bloßen Händen das Schloß aufzubrechen, beschwor den Colonel, mich hinauszulassen. Die einzige Antwort war das fühllose Rasseln und Stampfen der Presse. Schon war nur noch eine Handbreit Raum über meinem Kopf. Wie war die Decke doch so kalt und hart. Ganz langsam würde sie mich zu Tode quetschen.

Doch halt, wenn ich mich auf den Bauch legte, würde sie mir vielleicht gleich das Rückgrat brechen, und alles wäre schnell vorbei. Ein eiskalter Schauder durchlief mich, als ich an das häßliche Geräusch dachte, mit dem meine Knochen brechen würden. Sollte ich nicht doch dem Tod ins Angesicht blicken? Aber würde ich es ertragen können, zuzuschauen, wie die Decke immer näher rückte, mich schließlich berührte, meine Nase brach, mir den Atem aus der Lunge preßte...? Schon vermochte ich nicht mehr aufrecht zu stehen. Halt, war da ein Spalt in der Wand? Ja! Er wurde breiter, ein Streifen Licht drang herein: Ein Stück der Holzvertäfelung glitt beiseite.

Ich kniete wie angewurzelt vor der Öffnung, die sich aufgetan hatte wie durch ein Wunder, konnte es kaum glauben, daß dieser schmale Spalt Entkommen verhieß. Und dann zwängte ich mich mit aller Gewalt hindurch, landete halb ohnmächtig auf der anderen Seite. Ich blickte zurück. Die Wand hatte sich wieder geschlossen. Dann hörte ich, wie die Laterne barst, und einen Moment später verrieten mir ein dumpfes Knirschen und das Zittern des Steinbodens, auf dem ich lag, wie knapp ich dem Tode entronnen war.

Ein Schulterrütteln riß mich aus meinen Gedanken. Aufblickend sah ich die junge Frau, deren Warnung ich so leichtsinnig in den Wind geschlagen hatte. In der Hand hielt sie eine Kerze.

»Schnell, schnell!« drängte sie. »Gleich werden sie hier sein. Und dann werden sie sehen, daß Sie fort sind! Jede Sekunde ist kostbar! So kommen Sie doch!«

Diesmal hörte ich auf sie. Ich taumelte hoch und lief hinter ihr her, den Flur entlang und dann eine Wendeltreppe hinunter. Sie mündete in einen etwas breiteren Flur. Gerade als wir den erreichten, hörte ich Laufen und lautes Rufen vom anderen Ende des Flures, wo wir atemlos verharrten. Meine Führerin sah sich um. Sie wußte offensichtlich nicht weiter. Dann stieß sie eine Tür auf. Sie führte in ein Schlafzimmer, durch dessen Fenster der Mond glänzte.

»Durchs Fenster! Es ist Ihre einzige Chance! Springen Sie!«

Am entfernteren Ende des Flurs tauchte ein Lichtschein auf. Ich sah die unverkennbar dünne Gestalt des Colonels, in der einen

43

Hand eine Laterne, in der anderen einen blitzenden Gegenstand. Ich rannte ins Zimmer, riß das Fenster auf und beugte mich hinaus. Unter mir, etwa neun Meter tiefer, träumte friedlich im Mondlicht der Garten. Ich schwang mich auf den Fenstersims, zögerte aber zu springen. Erst mußte ich sehen, ob der Wahnsinnige meiner Retterin auch nichts zuleide tat. Wenn doch, war ich fest entschlossen, ihr beizustehen.

Ich hatte den Gedanken kaum zu Ende gedacht, da war er auch schon an der Tür. Er stieß die Frau beiseite. Doch sie schlang die Arme um ihn und rief: »Fritz, Fritz! Du hast mir beim letzten Mal versprochen, daß du es nie wieder tun wirst! Er wird bestimmt nicht reden! Ganz bestimmt nicht!«

»Du bist ja verrückt, Elise!« brüllte er und versuchte, sich aus ihrer Umklammerung zu lösen. »Du machst alles zunichte. Er hat zuviel gesehen. Loslassen, sage ich!«

Er brach ihren Griff, lief zum Fenster, holte mit dem blitzenden Beil aus. Ich hatte mich hinausgeschwungen und hielt mich mit beiden Händen am Querholz des Fensterrahmens. Dann sauste das Beil nieder. Ich fühlte einen schneidenden Schmerz, mein Griff löste sich und ich fiel.

Etwas benommen, aber sonst unverletzt rappelte ich mich sofort wieder auf und rannte so schnell ich konnte durch die Büsche davon, denn noch war ich nicht außer Gefahr. Und während ich so lief, begannen Sternchen vor meinen Augen zu tanzen, ein Schwindel überkam mich, ich mußte mich festhalten. Ich schaute auf meine Hand, in deren Daumen es so heftig pochte. Aber da war kein Daumen mehr, nur eine große Wunde, aus der das Blut rann. Ich versuchte, mein Taschentuch darum zu schlingen. Irgendwo war ein lautes Rauschen. Es schwoll an, dröhnte mir in den Ohren, und dann stürzte ich mitten in den Rosenbüschen zu Boden.

Ich kann nicht sagen, wie lange ich ohnmächtig dalag. Sicher geraume Zeit, denn als ich wieder zu mir kam, stand der Mond ganz tief, und den Horizont erhellte der beginnende Morgen. Taunaß klebten mir die Kleider am Leib, der Jackenärmel war blutgetränkt. Meine linke Hand schmerzte heftig. Mit einem Schlag waren mir die Ereignisse der Nacht wieder gegenwärtig.

Ich sprang auf, denn noch war ich ja nicht in Sicherheit. Aber wer beschreibt mein Erstaunen, als ich weder Haus noch Garten sah. Ich stand an einer Straße, hinter der Hecke, die sie begrenzte. Ein Stückchen weiter weg sah ich ein langgestrecktes Gebäude. Ich lief darauf zu. Es war der Bahnhof, an dem ich vor wenigen Stunden angekommen war. Wäre da nicht die schmerzende Hand gewesen, ich hätte alles für einen bösen Traum halten mögen.

Verwirrt stolperte ich in die Schalterhalle. Der nächste Zug nach London ging in einer knappen Stunde. Ich fragte den Stationsvorsteher – es war derselbe, der auf dem Bahnsteig gestanden hatte, als ich ankam – ob er einen Colonel Lysander Stark kenne. Er verneinte. Aber er hatte doch wohl das Fahrzeug gesehen, mit dem man mich abholte? Wieder schüttelte er den Kopf. Und eine Polizeidienststelle, die gab's wohl auch nicht? Doch! Wenigstens die Frage bejahte er. Allerdings knappe fünf Kilometer entfernt. So weit konnte ich in meinem Zustand nicht laufen. Ich beschloß, erst heimzufahren und dann die Polizei zu verständigen. Irgendwann nach sechs war ich dann auch glücklich wieder in London, ließ bei Ihnen, Dr. Watson, meine Wunde versorgen, und dann kamen wir hierher. Und wie es weitergeht, das mögen Sie bestimmen, Mr. Holmes.«

Es dauerte einige Minuten, bis einer von uns sich rührte. Heatherleys Geschichte hatte uns doch sehr beeindruckt. Dann stand Sherlock Holmes auf und holte einen dicken Ordner voller Zeitungsausschnitte vom Regal. Er blätterte ein Weilchen darin, nahm dann einen heraus und sagte: »Hier, diese Notiz wird Sie beide interessieren. Sie erschien vor etwa einem Jahr in allen Zeitungen.« Er las vor: ›Vermißt wird seit dem neunten dieses Monats der sechsundzwanzigjährige Ing. Jeremiah Heeling, Spezialist für hydraulische Anlagen. Er verließ sein Büro um zweiundzwanzig Uhr und ist seitdem verschwunden. Bekleidet war er . . . usw.‹

Mir scheint, auch damals hat der Colonel seine Maschine überprüfen lassen.«

»O Gott!« flüsterte Heatherley. »Jetzt weiß ich, was die Frau meinte!«

»Ja, genau das. Der Colonel war sicher fest entschlossen, sich von niemandem in die Karten schauen zu lassen. Irgendwie erinnert er mich an einen Piratenkapitän, der alle Gefangenen über die Planke schickt. – Wir sollten keine Zeit verlieren und sofort zu Scotland Yard gehen, bevor wir uns nach Eyford auf den Weg machen.«

Nur drei Stunden später saßen wir alle im Zug. Wir, das waren Sherlock Holmes, Heatherley, der Ingenieur, Inspektor Bradstreet von Scotland Yard und ich. Bradstreet hatte neben sich auf dem Sitz eine Karte ausgebreitet und war dabei, um Eyford einen großen Kreis zu ziehen.

»Ich habe einen Radius von 18 km genommen«, meinte er. »In dem Gebiet, das er einschließt, muß das Haus liegen, in dem Mr. Heatherley war. Sie sagten doch 18 km?«

Heatherley nickte: »Wir waren eine gute Stunde unterwegs!«

»Und man hat Sie, solange Sie bewußtlos waren, zurückgebracht?«

»Es muß so gewesen sein. Auch glaube ich mich daran zu erinnern, daß man mich hochhob und daß ich gefahren wurde.«

»Ich verstehe nur nicht«, warf ich ein, »warum man Sie am Leben ließ? Es muß der Frau schließlich doch gelungen sein, den Verbrecher zurückzuhalten.«

»Das kann ich mir kaum vorstellen, so wie ich den Colonel erlebte. Er war erbarmungslos zum Töten entschlossen.«

»Na ja, das wird sich alles herausstellen«, meinte Bradstreet. »Auf alle Fälle wissen wir, in welchem Gebiet wir suchen müssen. Schöner wäre es natürlich, wir wüßten genau, wo sich das Gesindel verbirgt.«

Da sagte Sherlock Holmes ganz lässig: »Ich lege Ihnen den Finger genau auf den Punkt.«

»Tatsächlich?« rief der Inspektor. »So sagen Sie uns doch, wo nach Ihrer Meinung das Haus liegt. Bestimmt im südlichen Teil des eingekreisten Gebietes; es ist dort sehr einsam.«

»Es ging für mein Gefühl eher nach Osten«, meinte Heatherley.

»Die Kutsche fuhr weder bergauf noch bergab, wie Mr. Heatherley bemerkte. Das spricht eher für das ebene Gebiet hier im Norden.« Ich deutete auf die Karte.

»Aber meine Herren«, meinte lachend der Inspektor. »Wir sollten uns schon auf eine Himmelsrichtung einigen. Wofür plädieren denn Sie, Mr. Holmes?«

»Keiner von Ihnen hat recht. Das Haus liegt genau hier.« Er tippte mit dem Finger auf Eyford. »Genau hier werden wir die Verbrecher finden!«

»Und was ist mit der langen Fahrt?« wandte Heatherley ein.

»Ganz einfach! Sie fuhren ein paar Kilometer aus Eyford heraus und dann wieder zurück. Sagten Sie nicht, daß das Pferd ganz frisch schien? Nach 18 km vor der Kutsche, noch dazu auf schlechten Straßen, konnte es das wohl kaum mehr sein.«

»Ja«, meinte nachdenklich der Inspektor. »Es spricht einiges dafür, daß der Colonel einen solchen Trick anwandte. Keinen Zweifel dürfte es allerdings bezüglich des Verbrechens geben.«

»Richtig! Hier wurde Falschmünzerei im großen Stil betrieben.«

»Schon seit einiger Zeit fahnden wir nach der Bande, die Hunderte von Halbkronenstücke in Umlauf gebracht hat«, meinte der Inspektor. »Wir konnten der Herkunft des Falschgeldes bis Reading nachgehen. Aber dann verlor sich jegliche Spur. Die Fälscher müssen ganz ausgekochte Profis sein. Aber dank unseres Freundes hier«, er schaute Heatherley an, »haben wir sie jetzt am Wickel.«

Aber der Inspektor irrte, denn die Falschmünzer wurden nie gefaßt. Als wir in den Bahnhof von Eyford einrollten, sahen wir hinter einer Baumgruppe eine dicke Rauchwolke emporquellen und sich träge weit über das Land wälzen.

»Da brennt's wohl?« sagte Bradstreet zum Stationsvorsteher, als wir ausgestiegen waren.

»Ja, Sir!«

»Brennt's schon länger?«

»Das Feuer brach angeblich in der Nacht aus und hat sich schnell ausgebreitet. Jetzt steht das ganze Haus in Flammen.«

»Wem gehört es denn?«

»Dr. Becher.«

»Sagen Sie?« fragte Heatherley, »Dr. Becher, ist das ein ganz dünner Deutscher mit einer langen spitzen Nase?«

Der Stationsvorsteher lachte prustend: »Dr. Becher ist ein wasch-

47

echter Engländer, und es gibt im ganzen Ort wohl keinen, der seine Weste besser füllt. Aber bei ihm wohnt ein Ausländer, ein Patient soviel ich weiß. Dem könnten allerdings ein paar kräftige Steaks von einem Berkshire-Rind nicht schaden.«

Das große, weißgetünchte Haus lag auf einem kleinen Hügel. Schon von weitem sahen wir, daß aus allen Öffnungen Flammen schlugen. Mit drei Löschzügen war die Feuerwehr im Einsatz.

»Das ist das Haus«, rief Heatherley. »Hier der kiesbestreute Weg und hier die Rosensträucher, in die ich fiel. Und dort oben, das zweite Fenster. Aus dem bin ich rausgesprungen!«

»Na also«, sagte Sherlock Holmes. »Da haben Sie Ihre Rache. Die hydraulische Presse zerquetschte die Lampe, die Sie hatten stehen lassen. Das Petroleum floß aus und setzte die Holzwände in Brand, was niemand gleich bemerkte, weil man hinter Ihnen her war. Und dann war es zu spät, den Brand noch unter Kontrolle zu bringen. Schauen Sie sich doch einmal um. Vielleicht befinden sich ja Ihre Freunde von vergangener Nacht unter den Zuschauern. Wahrscheinlicher ist allerdings, daß sie schon etliche Kilometer zwischen sich und diesen Ort gebracht haben.«

Holmes behielt recht. Bis heute hat niemand mehr etwas von der hübschen Frau, dem finsteren Deutschen und dem mürrischen Engländer gehört. Wir machten noch einen Bauern ausfindig, der in aller Herrgottsfrühe einen Wagen mit ein paar Leuten und viel Gepäck in Richtung Reading hatte fahren sehen. Aber dann verlor sich jede Spur. Nicht einmal Holmes gelang es, das Versteck der Verbrecher ausfindig zu machen.

Erst gegen Abend gelang es, das Feuer zu löschen. Das Haus allerdings war nur noch eine brandgeschwärzte Ruine. Von der Presse blieben nur ein paar verbogene eiserne Stangen und die beiden großen Stahlplatten. In einem Schuppen in der Nähe entdeckte man große Mengen Zinn und Nickel. Münzen wurden keine gefunden. Sie waren sicher in den großen Kisten auf der Kutsche, die der Bauer gesehen hatte.

Eine genauere Untersuchung der Spuren zwischen den Rosenbüschen, wohin sich die Feuerwehrleute glücklicherweise nicht verirrt hatten, zeigte dann verschiedene Fußspuren. Daraus ließ sich ablesen, daß zwei Personen, eine mit kleinen Füßen und eine mit wesentlich größerer Schuhnummer, den Ingenieur fortgeschleppt haben mußten. Es waren sicher die junge Frau und der wohl nicht so abgebrühte Engländer gewesen.

»Das war ja wohl wirklich ein tolles Geschäft für mich«, sagte Heatherley, als wir wieder im Zug nach London saßen. »Meinen Daumen habe ich eingebüßt und 50 Guineas. Und geblieben ist mir null und nichts!«

»Irrtum!« sagte Holmes lachend. »Sie sind um eine Erfahrung reicher. Und Erfahrungen sind unbezahlbar. Denken Sie doch nur daran, welch ausgezeichneten Gesellschafter Sie mit dieser Geschichte für den Rest Ihres Lebens abgeben!«

Er hätte auch hinzufügen können: »Sie können dankbar sein, daß Sie überhaupt noch am Leben sind. Sie wären nicht der erste, der die Aufdeckung eines Verbrechens mit dem Leben bezahlt. So wie beispielsweise Arthur Cadogan West...«

Aber das ist eine andere Geschichte. Sie forderte Holmes' ganzen Scharfsinn und Kombinationsgabe. Doch ich will von Anfang an erzählen.

Im Dienste Ihrer Majestät

London im November. Vor den Fenstern unserer Wohnung in der Baker Street wogen dichte gelblichweiße Schwaden, hinterlassen einen Film ölig schimmernder Tröpfchen auf den Scheiben. Die Häuser auf der anderen Straßenseite sind mehr zu ahnen als zu sehen. Das Straßenpflaster glänzt naß. Die wenigen Passanten haben den Mantelkragen hochgeschlagen und ziehen fröstelnd den Kopf zwischen die Schultern.

Holmes leidet. Seine Stimmung ist so düster wie das Wetter, denn Londons Verbrecher scheinen zu schlafen. Die erzwungene Untätigkeit macht meinen Freund ganz kribbelig. Weder das Studium seiner Aufzeichnungen über zurückliegende Fälle, noch die Musik vermögen ihn auf die Dauer zu fesseln. Er springt auf, läuft im Zimmer umher.

»Nichts in der Zeitung, Watson?« fragt er mich.

Ich muß verneinen. Keine Meldung von einem Verbrechen. Nur das übliche: Revolution, drohender Krieg, Vermutungen über einen bevorstehenden Regierungswechsel usw. Alles Ereignisse, von denen Holmes zwar Notiz nimmt, die ihn aber nur am Rande interessieren.

»Was sind Londons Verbrecher doch für Schlafmützen«, knurrt er. »Also, Watson, wenn ich hinausschaue und diese Milchsuppe sehe – jeder Dieb oder Mörder könnte bei so einem Wetter in London frei umherschweifen wie der Tiger im Dschungel – und zuschlagen. Keiner wird ihn sehen oder hören, nur das Opfer.«

»Nun ja, ein paar kleine Diebereien sind schon passiert.«

Seine Antwort ist ein verächtliches Schnauben: »Ach was, da

50

draußen haben wir die Bühne für großes Theater, und gespielt wird ein läppisches Kinderstück. Wie gut, daß ich kein Verbrecher bin!«

»Allerdings«, stimme ich aus ganzem Herzen zu.

»Wenn ich mir vorstelle«, fährt Holmes fort, »ich wäre einer von denen, die mich, Sherlock Holmes, lieber heute als morgen tot sähen – ich glaube, Sherlock Holmes hätte die längste Zeit gelebt. Eine Verabredung mit ihm unter irgendeinem Vorwand – und aus und vorbei wär's mit dem größten Detektiv aller Zeiten. Ach dieses langweilige England. Wenn ich daran denke, in südlicheren Ländern, wo die Menschen heißblütiger sind, gäbe es soviel Nebel wie bei uns. – Na, endlich tut sich was!«

Er meint das Mädchen, das ein Telegramm bringt. Holmes reißt es auf, überfliegt es und lacht laut.

»Sehr gut«, sagt er, »ich bin gespannt, wie es weitergeht. Mein Bruder Mycroft kommt zu uns.«

»Ja und?« frage ich.

»Ja und, ja und!« äfft mich Holmes nach. »Mycroft hier bei mir, das ist gerade so, als ob sich ein Schwan auf einen Ententeich verirrt. Eine Wohnung in der Pall Mall, Mitglied im Diogenes Club und beschäftigt in Whitehall, das ist der Teich, auf dem mein Bruder schwimmt. Bis jetzt ist er ein einziges Mal hier gewesen. Das muß schon ein ordentlicher Sturm sein, der ihn nun zum zweiten Mal zu mir weht.«

»Was will er denn?«

Statt einer Antwort reicht Holmes mir das Telegramm. »brauche dich stop es geht um cadogan west stop bin auf dem weg stop mycroft stop«, lese ich.

»Cadogan West?« sage ich. »Der Name kommt mir bekannt vor.«

»Ich habe ihn nie gehört. Aber ich kann immer noch nicht fassen, Mycroft hier bei mir. – Es ist, als ob der Mond vom Himmel fiele. Haben Sie überhaupt eine Ahnung, wer Mycroft ist?«

Ich krame in meinem Gedächtnis. »Sagten Sie nicht, daß er ein kleiner Regierungsangestellter ist?«

Holmes kichert: »Heute weiß ich's besser. Mycroft ist nicht nur bei der Regierung, er ist praktisch die Regierung.«

»Na, mal langsam, Holmes!«

»Da sind Sie geplättet, was, mein lieber Watson? Mycroft bezieht ein sehr durchschnittliches Gehalt, bleibt auf der Beförderungsleiter unten hocken, entwickelt keinerlei Ehrgeiz – und ist dabei der wichtigste Mann im ganzen Land.«

»Wie soll das zusammenpassen?«

»Aber es ist gerade das Wesentliche seiner Stellung, die er selbst errungen hat. So etwas wie Mycroft hat es noch nie gegeben und wird es nie geben. Es gibt keinen Kopf, in dem mehr Fakten wohlgeordnet gespeichert sind. Er ist mindestens ebenso begabt wie ich, aber eben in dieser anderen, speziellen Richtung. Alles, was in den einzelnen Regierungsstellen erarbeitet wird, wandert auf seinen Schreibtisch. Und er koordiniert, sorgt für den nötigen Ausgleich. Unter lauter Spezialisten für einzelne Gebiete ist er darauf spezialisiert, alles zu wissen. Nehmen wir an, ein Minister benötigt Informationen in einer Angelegenheit, die die Marine berührt und die Währung des Landes, aber auch Auswirkungen haben könnte auf Indien und Kanada. Unser Minister bekommt natürlich seine Informationen von den einzelnen Abteilungen. Aber nur Mycroft kann zuverlässig extrapolieren, wie die verschiedenen Faktoren aufeinander wirken.

Mein Bruder ist inzwischen eine Institution geworden. Ich stelle mir immer vor, daß Mycroft unendlich viele Schubladen und Fächer im Kopf hat, wobei das Wunderbare ist, daß er auf Anhieb weiß, wo er was findet. Wie oft schon hat sein Wort politische Entscheidungen bestimmt. Mycroft lebt in und zwischen seinen gestapelten Fakten. Nur gelegentlich läßt er sich von mir herauslocken, wenn ich ihm ein Problem vortrage. Meine Kriminalfälle betrachtet er als geistiges Training. – Wer ist bloß dieser Cadogan West? Was hat Mycroft mit ihm zu schaffen?«

Mit einem Male fällt mir's ein. Ich springe auf, gehe zum Tisch und wühle in dem Wust von bedrucktem Papier, der darauf liegt.

»Ja, hier haben wir's, hier in der Zeitung vom Dienstag. Cadogan West, das ist der junge Mann, den man tot neben den Gleisen der U-Bahn fand.«

Holmes ist gespannte Aufmerksamkeit; die Hand, die die Pfeife zum Munde führt, verharrt auf halbem Wege.

»Das kann kein gewöhnlicher Unfall gewesen sein, was meinen Bruder aufscheucht. Wie könnte er bloß davon betroffen sein? Geben Sie mir mal die Zeitung. – Hm, eine ganz alltägliche Geschichte. Wie es aussieht, fiel der junge Mann aus dem Zug und wurde dabei getötet. Niemand hat ihn beraubt. Zeichen von Gewaltanwendung fand man auch nicht.«

»Das stimmt nicht ganz. Die Untersuchung des Falles förderte noch ein paar Fakten zutage, die ein recht eigenartiges Licht auf den ›Unfall‹ werfen.«

»Gemessen an Mycrofts Reaktion muß die Geschichte sogar ganz außergewöhnlich sein.«

Holmes lehnt sich im Lehnstuhl zurück. »Betrachten wir einmal die Fakten, Watson: Da haben wir Cadogan West, männlichen Geschlechts, 27 Jahre alt, unverheiratet, Angestellter im Marineamt in Woolwich. Das ist eine staatliche Einrichtung. Somit hätten wir eine erste Verbindung zu meinem Bruder.

West war am Montagabend in Woolwich. Die letzte, die ihn dort sah, war seine Verlobte, Violett Westbury. Es war 19.30 Uhr, als er sie plötzlich im Nebel stehen ließ. Die beiden hatten sich nicht gestritten. Miß Westbury ist das Verhalten ihres Verlobten völlig rätselhaft. West bleibt verschwunden, bis ihn der Streckenarbeiter Mason tot neben den U-Bahn-Schienen findet, und zwar unmittelbar hinter der Station Aldgate.«

»Wann?«

»Entdeckt wurde die Leiche Dienstag morgen um 6.00 Uhr, in einiger Entfernung von den Schienen, auf der linken Seite des Gleiskörpers, wenn man nach Osten fährt, dort, wo der Zug in den Tunnel taucht. Er hatte eine schwere Kopfverletzung, die vom Sturz aus dem Zug herrühren dürfte. West muß mit der U-Bahn an diese Stelle gekommen sein. Es ist unmöglich, daß man ihn als Leiche dorthin geschafft hat, die Bahnsteigsperren sind Tag und Nacht besetzt; es kommt niemand ungesehen durch. Damit steht einwandfrei fest, daß unser Mann bis dorthin kam und dann aus dem Zug stürzte oder gestoßen wurde. Weiter: Auf dem Gleis, neben dem man die Leiche fand, fahren die Züge vom Westen der Stadt nach dem Osten; manche fahren noch weiter nach Willesden und anderen Vororten. Wir können einigermaßen sicher sein, daß West irgendwann in der Nacht in diese Richtung fuhr. Aber wir wissen weder wohin genau, noch wo er den Zug bestiegen hat.«

»Das müßte doch auf der Fahrkarte stehen.«

»Er hatte keine bei sich.«

»Das gibt's doch nicht. Nach meinen Erfahrungen kommt man ohne Fahrkarte unmöglich in die U-Bahn. Er muß eine gehabt haben. Vielleicht hat man sie verschwinden lassen? Er kann sie natürlich genausogut verloren haben. Jedenfalls ein besonders interessanter Punkt.«

»Offensichtlich entdeckte man auch keinerlei Anzeichen dafür, daß West beraubt worden wäre?«

»Nein. Hier ist eine Aufstellung der Gegenstände, die er bei sich hatte. Eine Geldtasche mit zwei Pfund und fünfzehn Shilling, ein Scheckbuch seiner Bank – damit erst konnte man ihn überhaupt identifizieren –, zwei Karten für die Montagabendvorstellung im Woolwicher Theater und einige Papiere mit technischen Zeichnungen.«

»Das ist es!« Holmes sagt's und ist sehr zufrieden mit sich. »Regierung, Marineamt, technische Zeichnungen, Mycroft – es paßt alles lückenlos zusammen. Aber da ist er ja schon.« Die Tür geht auf, und herein kommt, groß und stattlich, Mycroft Holmes. Der kompakte, schwere Körper bewegt sich mit einer gewissen Trägheit. Doch das Haupt verrät Genie: Wache, stahlgraue, tiefliegende Augen, ein fester Mund und ein lebhafter geistvoller Ausdruck – wer einen Blick in dieses Gesicht tut, vergißt den plumpen Körper.

Ihm auf den Fersen folgt unser Freund Lestrade von Scotland Yard, mittelgroß, untersetzt, mit dem Gesicht einer Bulldogge. Beide machen recht verbissene Gesichter. Die Sache muß sehr ernst sein. Während uns Lestrade, ohne ein Wort zu sagen, die Hand schüttelt, schält sich Mycroft aus seinem Mantel und sinkt in einen Lehnstuhl.

»Eine äußerst unangenehme Geschichte, Sherlock«, sagt Mycroft. »Nichts hasse ich mehr, als aus meinem geregelten Tageslauf gerissen zu werden. Aber ich muß mich den Umständen fügen. So wie die Dinge in Siam stehen, kann ich es mir kaum leisten, meinem Büro fernzubleiben. Aber wenn das keine Krise ist, dann habe ich noch nie eine erlebt. Der Premierminister ist fassungslos, und die Admiralität gebärdet sich wie ein aufgescheuchter Bienenschwarm. – Du kennst den Fall?«

»Gerade sprachen Watson und ich darüber. Was waren das eigentlich für Zeichnungen?«

»Um sie geht's. Zum Glück hat die Presse noch nicht Wind davon bekommen. Sonst wäre die Hölle los. Bei den Zeichnungen, die dieser unglückselige junge Mann bei sich hatte, handelt es sich um die Pläne für das Bruce-Partington-U-Boot.«

Mycroft sprach mit erhobener Stimme. Es mußte sich wohl um eine ganz besondere Waffe handeln. Holmes und ich schauen ihn fragend an.

»Ja, wißt ihr denn nichts davon?«

Wir schütteln den Kopf.

»Die Bedeutung dieses U-Bootes läßt sich kaum abschätzen. Es mag genügen, wenn ich sage, daß damit die Kriegführung zur See revolutioniert wird. Die Entwicklung des Bootes war das bestgehütete Geheimnis der Regierung. Sogar die finanziellen Mittel dafür wurden unter einem anderen, harmloseren Titel im Haushalt versteckt, damit nur ja niemand das geringste merkte. Etwa dreißig verschiedene Patente sind in dem neuen Waffensystem verarbeitet. Die Pläne dafür werden in einem Panzerschrank aufbewahrt, der mit den ausgeklügeltsten Sicherheitsvorkehrungen, die man sich vorstellen kann, versehen ist. Tür und Fenster des Raumes, in dem er steht, sind absolut einbruchsicher. Unter keinen Umständen dürfen die Pläne aus besagtem Raum entfernt werden. Sogar der Chefkonstrukteur muß, wenn er Einblick nehmen will, sich nach Woolwich zum Marineamt bemühen. – Und dann finden sich genau diese Pläne mitten in London in der Tasche eines jungen Büroangestellten. Eine üble Geschichte.«

»Aber ihr habt sie doch wiedergekriegt?«

»Nein, Sherlock, eben nicht. Das ist ja der springende Punkt. Zehn Pläne wurden aus Woolwich entfernt, aber nur sieben fanden sich bei West. Die drei wichtigsten fehlen, sind gestohlen, haben sich in Luft aufgelöst. Sherlock, du mußt alle anderen An-

55

gelegenheiten zurückstellen. Vergiß deine ständigen Reibereien mit der Polizei. Hier geht es um höchste nationale Interessen. Finde heraus, warum Cadogan West die Pläne an sich nahm, wo die fehlenden sind, wie er starb, wie er neben die U-Bahngleise kam. Damit erweist du deinem Vaterland einen großen Dienst.«

»Warum löst du denn nicht selbst den Fall, Mycroft? Du kannst das doch ebensogut wie ich!«

»Schon möglich, Sherlock, aber zunächst müssen Fakten zusammengetragen werden. Verschaffe mir die und du kriegst von mir, ohne daß ich mich aus dem Lehnstuhl bewege, die perfekte Lösung. Aber in der Gegend herumrennen, Bahnbedienstete ausquetschen und auf den Knien mit der Lupe in der Hand nach Spuren suchen, das ist nicht mein Fall. Nein, der Mann, der den Fall bis ins letzte Detail klären kann, bist du, nur du. Und wenn du Wert darauf legst, ein Orden ist dafür allemal drin.«

Mein Freund schüttelt den Kopf und lächelt.

»Es ist der Fall, der mich interessiert. Auf die Ehre pfeife ich! Allerdings sollte ich schon ein paar mehr Informationen haben. Ich brauche alle bekannten Einzelheiten. Wie sieht es damit aus?«

»Hier auf dem Zettel findest du einige wichtige Punkte und Adressen.«

Mycroft reicht Holmes ein Blatt Papier.

»Die Verantwortung für die Pläne und einen von den beiden Schlüsseln zum Panzerschrank hat Sir James Walter, hochdekoriert und in Ehren im Staatsdienst ergraut. Er dürfte über jeden Verdacht erhaben sein. Fest steht, daß während der Dienststunden am Montag noch alle Pläne da waren. Als Sir James dann um 3.00 Uhr ging, nahm er den Schlüssel mit. Zur wahrscheinlichen Zeit des Diebstahls war er im Haus von Admiral Sinclair am Barclay Square, wo er den ganzen Abend verbrachte.«

»Ist das überprüft worden?«

»Das Weggehen in Woolwich hat sein Bruder, Colonel Valentine Walter, bezeugt und den Aufenthalt in London der Admiral. Sir James können wir aus dem Kreis der Verdächtigen ausschließen.«

»Wer hat den zweiten Schlüssel?«

»Sidney Johnson, Grafiker und Bürovorsteher. Er ist um die

Vierzig, verheiratet und Vater von fünf Kindern. Obwohl sehr ruhig, fast mürrisch, hat er einen ausgezeichneten Leumund. Er ist sehr fleißig, bei den Kollegen allerdings ziemlich unbeliebt. Er sagt – was jedoch nur seine Frau bestätigen kann –, er sei den ganzen Montag abend zu Hause gewesen und habe den Schlüssel, der an seiner Uhrkette hängt, nicht aus der Hand gegeben.«

»Und was kannst du mir über Cadogan West sagen?«

»Er war zehn Jahre beim Amt und ein guter Mitarbeiter. Man sagt ihm nach, daß er hitzköpfig und impulsiv ist, aber ehrlich und immer geradeaus. Es liegt nichts gegen ihn vor. Seinen Arbeitsplatz hatte er neben Sidney Johnson. West war einer der wenigen, die täglich mit den Plänen zu tun hatten.«

»Wer hat sie eigentlich an besagtem Abend weggeschlossen?«

»Sidney Johnson, der Bürovorsteher.«

»Demnach kann nur der die Pläne entfernt haben, bei dem man sie fand: Cadogan West! Richtig?«

»Man muß davon ausgehen, Sherlock. Allerdings bleiben noch einige Fragen. Vor allem die, warum er die Pläne an sich nahm.«

»Sie dürften wohl einigen Wert haben?«

»Er hätte ohne weiteres mehrere zehntausend Pfund dafür gekriegt.«

»Wenn er die Pläne nicht verkaufen wollte, gäbe es noch einen anderen Grund dafür, daß er sie mit nach London nahm?«

»Ich wüßte nicht!«

»Dann müssen wir davon ausgehen, daß West die Papiere gestohlen hat. Dazu brauchte er aber einen Nachschlüssel.«

»Nicht nur einen, Sherlock, mehrere. Gebäude und Zimmer waren ja auch abgeschlossen.«

»Gut. Er verschaffte sich also mit Nachschlüsseln Zugang zum Panzerschrank, nahm die Pläne heraus, um die Erfindung in London zu verkaufen, beabsichtigte aber offensichtlich, sie am nächsten Morgen, noch bevor man sie vermißte, wieder in den Panzerschrank zu legen. Doch während er diesen Verrat beging, kam er in London ums Leben.«

»Aber wie?«

»Wahrscheinlich war er auf dem Rückweg nach Woolwich, als man ihn umbrachte und aus dem Zug warf.«

»Aber man fand die Leiche bei Aldgate. Das ist ein gutes Stück entfernt von der Strecke nach Woolwich.«

»Dafür gibt es sicher einen Grund. Es könnte doch so gewesen sein, daß er mit dem Interessenten im Zug verhandelte. Man konnte sich nicht einigen. Es kam zu einem Streit, und dabei wurde West getötet. Vielleicht versuchte er zu fliehen und fiel dabei aus dem Zug. Daß das niemand beobachtet hat, wird verständlich, wenn man bedenkt, wie dicht der Nebel war.«

»Gut, Sherlock. Aber es gibt einiges in dieser Geschichte, was nicht zu deiner Konstruktion paßt. Bleiben wir einmal dabei, daß West mit den Plänen nach London wollte. Er müßte also mit besagtem Interessenten verabredet gewesen sein, denn so aufs Geratewohl wird er die Pläne kaum aus dem Panzerschrank genommen haben. Man sollte also annehmen, daß er für den Abend keine andere Verabredung traf. Was aber macht er? Er kauft zwei Theaterkarten, geht sogar mit seiner Verlobten zum Theater und verschwindet dann plötzlich auf halbem Wege!«

»Ein Ablenkungsmanöver«, wirft Lestrade ein, der mit sichtlicher Ungeduld die Diskussion der Brüder verfolgt.

»Ziemlich ungewöhnlich. Das also ist Einwand Nummer eins. Nun zu Nummer zwei. West erreicht London und trifft sich mit dem Interessenten. Die Pläne kann er ihm nur kurzzeitig überlassen, denn am Morgen müssen wieder alle im Panzerschrank liegen. Zehn Pläne hat er mitgenommen, aber nur sieben werden bei ihm gefunden. Was ist mit den fehlenden? Hat er sie verkauft? Wo ist dann aber das Geld geblieben, das er dafür bekam? Er hätte doch eigentlich viel Geld in der Tasche haben müssen.«

»Also wenn Sie mich fragen, meine Herren, dann ist doch ganz klar, wie die Sache lief!« – Es ist Lestrade, der das sagt. – »West stahl die Papiere, um sie zu verkaufen. Er trifft seinen Abnehmer. Die beiden können sich nicht über den Preis einigen. West packt seine Pläne zusammen und geht. Doch sein Kunde folgt ihm, bringt ihn im Zug um, nimmt die wichtigsten Pläne an sich und stürzt die Leiche aus dem Zug. Sehen Sie einen schwachen Punkt in dieser Gedankenkette?«

»Warum hatte West keine Fahrkarte bei sich?«

»Der Mörder nahm sie an sich, damit niemand feststellen kann,

wo er und West in die U-Bahn eingestiegen sind. Es könnte ja sein, daß der Mörder in der Nähe dieser Station wohnt.«
»Ausgezeichnet, Lestrade«, lobt Sherlock Holmes. »Ihre Theorie ist schlüssig. Und wenn es wirklich so war, dann ist der Fall gelöst. Der Verräter West ist tot, und die Pläne für das Unterseeboot sind inzwischen auf dem Kontinent. Damit bleibt für mich nichts mehr zu tun!«
»Nein, nein!« ruft Mycroft und springt auf. »Alles in mir sträubt sich gegen diese Erklärung. Sie ist zu einfach. Ich kann nicht glauben, daß es so war. Sherlock, du mußt den Fall weiterverfolgen. Geh an den Schauplatz. Untersuche jeden Zentimeter Bodens. Nimm dir alle Beteiligten vor und überprüfe sie. Du erweist deinem Vaterland einen Dienst, wie er größer nicht sein kann!«
»Na schön«, sagt Holmes und zuckt die Achseln. »Gehen wir, Watson. Lestrade, würden Sie uns für ein oder zwei Stunden die Ehre Ihrer Begleitung geben? Wir fangen mit unseren Nachforschungen in Aldgate an. Mach's gut, Mycroft. Ich lasse dich noch heute abend wissen, wieweit ich gekommen bin. Aber sei nicht enttäuscht, wenn ich wenig zu berichten habe, was sehr zu befürchten ist.«
Zwei Stunden später. Holmes, Lestrade und ich stehen am Tunneleingang, gleich hinter der Station Aldgate. Die Bahn vertritt ein zuvorkommender älterer, rotgesichtiger Beamter.
»Hier fand man den Toten.« Er deutet auf eine Stelle knapp einen Meter neben dem Gleis. »Daß er von dem Gelände oben herunterfiel ist ausgeschlossen, denn der Gleiskörper ist, wie sie sehen, lückenlos durch eine Mauer abgeschirmt. Der junge Mann kann nur mit dem Zug hierher gelangt sein. Aller Wahrscheinlichkeit nach mit dem Montag nacht gegen 12.00 Uhr hier durchkommenden Zug.«
»Sind die Waggons genau untersucht worden? Gab es vielleicht Spuren eines Kampfes?«
»Nein, keinerlei Spuren. Man fand auch keine Fahrkarte.«
»Gab es keine Meldung über eine offene Tür?«
»Nein.«
»Heute morgen«, sagt Lestrade, »meldete sich ein Fahrgast, der in der Nacht zum Dienstag gegen 23.40 Uhr durch Aldgate fuhr.

Er glaubt, einen dumpfen Schlag gehört zu haben, kurz nachdem
der Zug Aldgate verlassen hatte. Im dichten Nebel konnte er
aber nichts sehen. Er unterließ daher die sofortige Anzeige beim
Schaffner. – Nanu, was ist denn mit Ihnen los, Mr. Holmes?«
Mein Freund steht da und starrt auf die Gleise, die, bevor sie im
Tunnel verschwinden, einen Bogen beschreiben. Und vor dem
Bogen liegen mehrere Weichen, denn in Aldgate kreuzen sich ei-
nige U-Bahn-Strecken. Angespannt ist das Gesicht meines Freun-
des, scharf und forschend sein Blick, die hohe Stirn über den
dichten, buschigen Brauen gerunzelt, die Lippen sind zusammen-
gepreßt.
»Die Weichen«, murmelt er.
»Was ist damit? Was meinen Sie?«
»Es gibt sicher nur wenige Stationen mit so vielen Weichen?«
»Ganz wenige.«
»Und dazu noch mit einer Kurve in der Streckenführung! Wei-
chen und Kurve! Ja, das muß es sein!«
»Haben Sie etwas entdeckt, Mr. Holmes?«
»Eine Vermutung habe ich, eine Spur, mehr nicht. Der Fall wird
immer interessanter. Einmalig, wirklich einmalig. Aber warum ei-
gentlich nicht? – Ich sehe keinerlei Blutspuren?«
»Es gab auch keine!«
»Aber es war doch die Rede von einer schweren Wunde?«
»Die Schädeldecke war zertrümmert. Aber äußerlich war kaum
etwas zu sehen.«
»Trotzdem müßte es Blutspuren geben. – Ich würde mir gerne
einmal den Zug anschauen, in dem der Mann saß, der glaubt, ei-
nen dumpfen Schlag gehört zu haben.«
»Das geht leider nicht, Mr. Holmes. Die Waggons sind inzwischen auf andere Züge verteilt.«
»Mr. Holmes«, sagt Lestrade, »Sie können sicher sein, daß alle
Waggons genauestens untersucht wurden. Ich habe selbst darauf
geachtet.«
Eine besondere Schwäche meines Freundes ist es, daß er sehr
schnell die Geduld verliert, wenn er mit Leuten umgehen muß,
die nicht seine hohe Intelligenz besitzen.
»Sehr schön«, sagt er und dreht sich um. »Nur waren es zufälli-

gerweise nicht die Zugabteile, die ich mir anschauen wollte. Kommen Sie, Watson. Wir sind hier fertig. Und Sie, Mr. Lestrade, müssen wir nicht weiter bemühen. Wir begeben uns jetzt nach Woolwich.«

In London Bridge gibt Holmes ein Telegramm an seinen Bruder auf: »sehe etwas licht stop kann aber wieder verlöschen stop verschaffe mir bis rückkehr in baker street liste aller bekannten spione und agenten in london stop mit adresse stop sherlock stop.«

»Die Liste könnte uns weiterhelfen, Watson«, sagt er, als wir in der U-Bahn nach Woolwich sitzen. »Also wirklich, ich bin Bruder Mycroft sehr dankbar, daß er mich in die Geschichte eingeschaltet hat. Der Fall verspricht wirklich außergewöhnlich zu werden.«

Ich schaue meinen Freund an. Was für ein Unterschied zu heute morgen. Da war er gelangweilt, mürrisch, wußte nichts mit sich anzufangen, war der Welt böse. Und jetzt? Sein Blick ist wach, das Gesicht gespannt, hinter der hohen Stirn arbeitet es sichtbar. So wie er dasitzt erinnert er mich an eine sprungbereite Katze. Keine Spur mehr von Müdigkeit und Überdruß.

»Fakten haben wir viele, und das Feld der Vermutungen ist weit. Ich muß vernagelt gewesen sein, daß ich das nicht sah. Selbst jetzt noch blicke ich nicht voll durch und bin weit von einer Lösung des Falles entfernt. Aber da gibt es eine Überlegung, die uns vielleicht weiterbringt: Was, wenn West an anderer Stelle umkam und die Leiche auf den Zug, das heißt auf das Dach eines Waggons gelegt wurde?«

»Auf ein Dach? Das kann ich mir nicht vorstellen!«

»Ja, es hört sich recht abwegig an. Aber nach den vorliegenden Fakten kann es eigentlich nur so gewesen sein. Ist es wirklich reiner Zufall, daß der Tote genau dort liegt, wo die Waggons über die Weichen rütteln und schlingern? Sollte man nicht erwarten, daß, wenn etwas auf dem Dach liegt, es genau an dieser Stelle herunterfällt? Auf einen Leichnam im Waggon konnte sich das Fahren über eine Weiche unmöglich so auswirken, daß er hinausfiel. Entweder fiel der Tote vom Dach, oder es waltete ein wirklich außergewöhnlicher Zufall. Auch die fehlenden Blutspuren passen zu dieser Theorie. Es konnten gar keine da sein, wenn

61

West nicht im Zug ums Leben kam oder durch den Sturz aus dem Waggon. Es paßt einfach alles so gut zusammen.«
»Sogar das Fehlen der Fahrkarte«, ergänze ich.
»Genau. Er konnte gar keine Fahrkarte bei sich haben!«
»Diesen Teil der Ereignisse können wir also als geklärt abhaken. Nur wissen wir damit noch lange nicht, warum und wo er starb. Im Grunde wird alles noch rätselhafter.«
»Vielleicht«, entgegnet Holmes nachdenklich und schaut mich an. »Vielleicht!«
Er verfällt in ein nachdenkliches Schweigen, das anhält, bis wir in Woolwich ankommen. Hier zieht er Mycrofts Notizen aus der Tasche, schaut kurz darauf und ruft dann eine Kutsche.
»Wir haben noch ein paar Besuche zu machen«, sagt er. »Ich denke, wir sollten mit Sir Walter James anfangen.«
Sir Walter wohnt in einem villenartigen großen Gebäude, das saftiggrüne Rasenflächen umgeben, die sich bis zur Themse hinziehen. Der Nebel hat sich etwas gelichtet, am Himmel steht eine wäßrig blasse Sonne. Auf unser Läuten öffnet der Butler.
»Zu Sir James wollen die Herren?« sagt er und zieht sein Gesicht in Kummerfalten. »Der ist heute morgen gestorben.«
»Um Himmels willen!« ruft Holmes. »Wie kam das denn?«
»Möchten die Herren vielleicht mit Colonel Valentine, dem Bruder des Verstorbenen, sprechen?«
»Das wird wohl das beste sein.«
Der Butler führt uns in ein düsteres Arbeitszimmer. Wenig später erscheint ein großer schlanker Mann, so um die Fünfzig, mit schütterem Bart. Man sieht ihm an, wie schwer ihn der Tod des älteren Bruders getroffen hat. Augenringe, ungesunde Röte im Gesicht, das Haar verwirrt. Stockend nur spricht er: »Eine schreckliche Geschichte. Mein Bruder war ein Mann von sehr empfindlichem Ehrgefühl. Diesen Schlag konnte er nicht verwinden. Der Verlust der Pläne brach ihm das Herz.«
»Wir hofften auf seine Hilfe bei der Aufklärung des Falles.«
»Ich weiß genau, daß er sich wie alle anderen keinerlei Reim darauf machen konnte. Was er dazu zu sagen hatte, hat er bei der Polizei zu Protokoll gegeben. Natürlich hielt er Cadogan West für schuldig. Aber dieser Verrat war ihm völlig unbegreiflich.«

62

»Und Sie selbst haben auch keinerlei Hinweise, die uns weiterhelfen könnten?«

»Ich weiß nur, was ich las und hörte. – Bitte halten Sie mich nicht für unhöflich, aber hier geht es zur Zeit drunter und drüber. Ich muß daher leider die Unterredung beenden, Mr. Holmes.«

»Eine unerwartete Entwicklung«, sagt mein Freund, als wir wieder in der Kutsche sitzen. »Ich frage mich nur, ob Sir James eines natürlichen Todes starb oder ob er Selbstmord beging. Wenn es Selbstmord war, dürfen wir ihn dann als Schuldbekenntnis auffassen? Nun, die Zukunft wird es lehren. Jetzt wollen wir die Wests aufsuchen.«

Die gramgebeugte Mutter finden wir in einem kleinen, sehr sauberen Vororthäuschen. Sie ist tief in ihren Kummer versunken und nicht ansprechbar. Doch bei ihr befindet sich eine blasse junge Dame. Sie stellt sich als Violett Westbury vor, die Verlobte des Toten, die ihn in jener Nacht als letzte sah.

»Ich habe keinerlei Erklärung, Mr. Holmes«, sagt sie. »Ich habe seither kein Auge zugetan und nur immer Tag und Nacht überlegt, was wirklich wahr ist. Arthur war der anständigste und aufrichtigste Mann. Er hätte nie sein Vaterland verraten. Er hätte sich lieber die Hand abhacken lassen als Staatsgeheimnisse zu verkaufen. Es ist absurd, unmöglich, lächerlich für jeden, der Arthur kannte.«

»Die Tatsachen sprechen eine andere Sprache, Miß Westbury!«

»Das ist es ja gerade. Und trotzdem glaube ich nicht daran.«

»Brauchte er Geld?«

»Bestimmt nicht. Er war sehr bescheiden und kam mit seinem Gehalt gut aus. Er hatte sogar ein paar hundert Pfund auf dem Sparbuch, so daß wir daran dachten, an Neujahr zu heiraten.«

Sie schluchzt.

»Es tut mir leid, Miß Westbury, aber ich muß Fragen stellen! War Ihr Verlobter in letzter Zeit anders als sonst, vielleicht besonders nervös?«

Bei dieser Frage steigt eine leichte Röte in ihre Wangen, sie zögert mit der Antwort.

»Miß Westbury, bitte antworten Sie ganz offen!«

63

»Ja«, sagt sie schließlich. »Ich hatte das Gefühl, daß ihn irgend etwas bedrückt.«

»Neuerdings oder schon länger?«

»Etwa seit einer Woche war er mit seinen Gedanken häufig ganz woanders. Ich fragte ihn, was los sei. Er gab zu, daß er im Büro Sorgen hätte. Die Sache sei aber so ernst, daß er noch nicht einmal mit mir darüber sprechen könne. Mehr konnte ich nicht aus ihm herauskriegen.«

Holmes' Gesicht wird noch ernster: »Fahren Sie fort, Miß Westbury. Sie müssen sprechen, auch wenn das, was Sie erzählen, gegen Ihren Verlobten ausgelegt werden könnte. Noch ist nicht heraus, ob er wirklich schuldig ist.«

»Das ist wirklich alles, was ich Ihnen sagen kann. Ein oder zwei Mal schien er dicht davor, sich mir anzuvertrauen. Eines Abends sprach er davon, wie wichtig es sei, das Geheimnis der Pläne zu hüten. Wenn ich mich recht erinnere, fügte er noch hinzu, ein Spion würde sicher viel Geld dafür bezahlen.«

»Das klingt gar nicht gut!« Holmes schüttelt bedenklich den Kopf. »Noch etwas?«

»Ja. Man ginge sehr leichtsinnig mit den Plänen um, meinte er. Ein Verräter hätte es sehr leicht, sie an sich zu bringen.«

»Hat er schon früher solche Bemerkungen fallen lassen?«

»Nein, erst in den letzten Tagen.«

»Schildern Sie uns bitte die Ereignisse des besagten Abends.«

»Wir waren unterwegs ins Theater. Zu Fuß, denn der Nebel war so dicht, daß noch nicht einmal Kutschen fuhren. Unser Weg führte am Büro vorbei. Plötzlich stürzte er davon und verschwand im Nebel.«

»Ohne ein Wort?«

»Er rief etwas, was ich nicht verstand. Ich wartete, aber er tauchte nicht wieder auf. Schließlich ging ich nach Hause. Am nächsten Morgen, kurz nach Beginn der Bürozeit, kam die Polizei und verhörte mich, und gegen Mittag dann erfuhren wir die schreckliche Nachricht.«

Erneut rollen ihr die Tränen über die Wangen.

»Wenn Sie doch seine Ehre retten könnten, Mr. Holmes. Sie ging ihm über alles!«

Holmes schüttelt bedauernd den Kopf.

»Ich kann Ihnen nicht verheimlichen, Miß Westbury, daß die Verdachtsmomente gegen Ihren Verlobten sehr stark sind. Sie entschuldigen uns jetzt, wir müssen gehen.« Und dann zu mir, als wir vor der Haustür stehen: »Jetzt geht es an den Ort des Diebstahls, ins Büro.«

Unterwegs überlegte er laut: »Sah es vorher schon schlecht aus für den jungen Mann, so steht's jetzt ganz schlimm. Die geplante Heirat wäre ein Motiv, denn dafür brauchte er mehr Geld als er hatte. Die Idee, die Pläne zu stehlen, hatte er schon länger, mindestens seit er andeutungsweise darüber sprach. Fast hätte er noch das Mädchen hineingezogen. Eine üble Geschichte, wirklich!«

»Na schön, Holmes«, werfe ich ein. »Sie vergessen seinen Charakter! Und außerdem – warum hat er seine Braut einfach stehenlassen, ist dann im Nebel verschwunden und hat sein Verbrechen begangen?«

»Das ist richtig. Der Einwand läßt sich nicht von der Hand weisen. Aber er wiegt leicht in Anbetracht der Schwere des Verbrechens.«

Im Amt nimmt uns Sidney Johnson, der Bürovorsteher, in Empfang – mit einigem Respekt, wie er Sherlock stets entgegengebracht wird, seit er so bekannt ist. Johnson, wie schon gesagt, um die Vierzig, verheiratet und Vater von fünf Kindern, ist ein dünnes, grämlich dreinblickendes Männchen, dessen Nase eine ständig rutschende Brille ziert. Seine Hände zittern vor unterdrückter Nervosität.

»Eine schreckliche Geschichte, Mr. Holmes. Sie wissen, daß unser Chef tot ist?«

»Ja, wir waren gerade in seinem Haus.«

»Hier geht alles drunter und drüber. Kein Chef mehr, Cadogan West tot, die Pläne gestohlen und das alles von einem Tag auf den anderen in einer der bestgeführten und leistungsfähigsten Abteilungen des Ministeriums. Wie konnte gerade West so etwas tun?«

»Sie sind also sicher, daß er die Pläne gestohlen hat?«

»Wer sonst? Und ich hätte meine Hand für ihn ins Feuer gelegt.«

65

»Wann sind Sie am Montag vom Büro weggegangen?«

»Um 5.00 Uhr.«

»War um die Zeit noch jemand da?«

»Nein, ich gehe immer als letzter.«

»Die Pläne waren . . .?«

»Wohlverschlossen im Panzerschrank. Ich habe sie selbst hineingelegt.«

»Wird das Büro außerhalb der Dienststunden bewacht?«

»Allerdings. Es gibt einen Wächter, der aber noch andere Büros im Auge behalten muß. Als ausgedienter Soldat ist er absolut vertrauenswürdig. Bemerkt hat er in jener Nacht absolut nichts. Das konnte er wohl auch nicht, denn so neblig wie am Montag abend war es schon lange nicht mehr.«

»Wenn Cadogan West außerhalb der Dienststunden ins Büro und an die Pläne gewollt hätte, dann hätte er doch drei Schlüssel gebraucht, nicht wahr?«

»Ja, einen für die Haustür, einen fürs Büro und den dritten für den Panzerschrank.«

»Und diese Schlüssel haben nur Sie und Sir James Walter?«

»Nein, nein! Es sind die beiden Panzerschrankschlüssel, die nur ich und Sir James Walter haben. Die Schlüssel zur Haustür und für die Büroetage hat zum Beispiel auch der Wächter, damit er nötigenfalls nach dem Rechten sehen kann.«

»Es war also relativ leicht, an die Schlüssel zu kommen. – Nun zu Sir James. War er ein ordentlicher Mensch?«

»Soweit ich ihn kannte, ja. Den Panzerschrankschlüssel trug er am Schlüsselbund immer bei sich.«

»Dann war dieser Schlüssel in London. – Haben Sie Ihren Schlüssel jemals aus der Hand gegeben?«

»Nie!«

Sidney Johnson ist ganz entsetzt ob dieses Verdachts.

»Cadogan West müßte also einen Nachschlüssel gehabt haben. Allerdings hat man nichts dergleichen bei ihm gefunden. – Sagen Sie, Mr. Johnson, wenn ein Angestellter die Pläne hätte verraten wollen, wäre es da nicht einfacher für ihn gewesen, sie einfach hier im Büro zu kopieren?«

»Wie stellen Sie sich das vor? Es kann doch keiner dasitzen und stundenlang Pläne abzeichnen, ohne daß ich das bemerke. Und um die Pläne zu Hause, aus dem Gedächtnis, nachzuzeichnen, dazu sind sie zu kompliziert. – Außerdem – man hat bei West doch die Originale gefunden. Oder?«

»Schon, aber warum nimmt er zehn mit und verkauft nur drei davon. Kann der Abnehmer denn etwas damit anfangen? Genügen denn diese drei Pläne, um das U-Boot nachzubauen? Die fehlenden drei Pläne sollen die wichtigsten gewesen sein.«

»Das ist ganz sicher richtig. Aber auch die, die nicht gestohlen wurden, enthalten wesentliche Elemente der Konstruktion, die der Abnehmer praktisch nacherfinden müßte, wollte er ein Boot mit vergleichbaren Eigenschaften bauen.«

»Danke, Mr. Johnson. Das war alles. Wenn Sie gestatten, sehe ich mich jetzt in den Räumen um.«

Holmes untersucht das Schloß am Panzerschrank, die Zimmertür und schließlich die stählernen Läden vorm Fenster. Doch erst als wir draußen auf dem Rasen stehen, entdeckt er etwas von Interesse: Ein paar Zweige des Lorbeerstrauchs, der das Fenster verdeckt, sind geknickt und ein paar abgerissen.

Holmes untersucht die Bruchstellen genau mit der Lupe und ebenso die schwachen Spuren im Boden. Auf seine Bitte hin schließt der Bürovorsteher die Läden. Sie stoßen nicht fugenlos zusammen. Es bleibt ein schmaler Spalt, durch den man ins Zimmer schauen kann.

»In den drei Tagen seit dem Diebstahl sind alle Spuren bis zur Unkenntlichkeit verblaßt. Sichere Erkenntnisse lassen sich nicht mehr daraus gewinnen«, meint er schließlich. »Hier in Woolwich bleibt uns nichts mehr zu tun. Ich bin gespannt, ob wir in London mehr erreichen.«

Aber es ist doch Woolwich, das noch eine wichtige Information liefert. Der Schalterbeamte am Bahnhof erinnert sich genau an West, den er flüchtig kennt. West löste am Montagabend für den 20.15-Uhr-Zug nach London eine Fahrkarte, und zwar bis London Bridge. Der Beamte hatte sich noch gewundert, erzählte er uns, daß West so aufgeregt war. Ihm hätten die Hände so gezittert, daß er ihm helfen mußte, das Wechselgeld in den Geldbeutel zu stecken.

Ein Blick auf den Fahrplan zeigt uns dann, daß der Zug um 20.15 Uhr die erste Fahrtmöglichkeit nach London gewesen war, nachdem West gegen 19.30 Uhr seine Braut verlassen hatte.

Im Zug ziehen wir Bilanz. Unsere Untersuchungen in Woolwich haben die Verdachtsmomente gegen West nur verdichten können. Allerdings bringen die Spuren vor dem Fenster eine neue Nuance in den Fall. Sie erlauben eine neue Theorie, die Sherlock Holmes so formuliert: »Ein Agent trat an West heran, unter Umständen, die es ihm unmöglich machten, sich jemandem anzuvertrauen. So wagt West seiner Braut gegenüber nur Andeutungen. Montag abend, auf dem Weg ins Theater, sieht West im dichten Nebel für einen Moment besagten Agenten, der sich in Richtung Büro bewegt. West war, wie wir wissen, impulsiv veranlagt und ein Mann schneller Entschlüsse, dem nichts über seine Pflicht ging. Er läßt seine Braut stehen und folgt dem Agenten. Durch das Fenster beobachtet er, wie der Agent die Pläne an sich nimmt und folgt ihm wiederum. Das würde auch erklären, daß die Originale gestohlen wurden, denn ein Agent hatte in keinem Fall genug Zeit, die Pläne zu kopieren.«

»Das paßt alles haargenau, Sherlock. Aber nur bis hierher. Wie geht's weiter? Warum hat West nicht einfach den Schurken festgehalten und Alarm geschlagen?«

»Lassen Sie mich einmal überlegen: Es könnte natürlich auch einer der Vorgesetzten von West die Papiere an sich genommen haben. Das würde sein Verhalten zwanglos erklären. Ein Vorgesetzter kann viele Gründe haben, sich außerhalb der Dienststunden im Büro mit den Plänen zu beschäftigen. Und für den Angestellten West empfiehlt es sich nicht unbedingt, einen Vorgesetzten grundlos bloßzustellen, indem er Lärm schlägt. Nun weiß aber West, wo der Vorgesetzte wohnt. Also fährt er mit dem nächsten Zug nach London, um den Mann zur Rede zu stellen.

Die Begegnung im Nebel muß völlig unerwartet gekommen sein, West aber schon etwas in Richtung eines Diebstahls der Pläne befürchtet haben, sonst hätte er nicht seine Braut ohne ein Wort der Erklärung einfach stehenlassen.

Tja, und jetzt reißt der Faden. Jedenfalls fällt mir keine logische Erklärung dafür ein, wie West mit sieben Plänen in der Tasche tot auf das Dach eines U-Bahnwaggons kommt. Wir müssen die Sache jetzt anders anpacken. Wenn uns Mycroft die erbetene Liste geschickt hat, gelingt es uns vielleicht, eine neue Spur aufzunehmen und dann den Fall aus einer völlig anderen Richtung anzugehen.«

Tatsächlich ist eine Nachricht von Mycroft da, als wir in der Baker Street ankommen. Holmes überfliegt sie und reicht sie dann an mich weiter:

»Nur kleine Fische, keiner darunter, dem ich ein so großes Ding zutrauen würde. Eine Überprüfung lohnen allenfalls Adolph Meyer, Great George Street 13, Westminster; Louis la Rathière, Campden Mansions, Notting Hill, und Hugo Overstain, Caulfield Gardens 13, Kensington. Overstain war noch am Montag in London, ist aber seitdem nicht mehr gesehen worden. Wie schön, daß du schon etwas Licht siehst. Die Regierung erwartet mit Ungeduld deinen Bericht. Alle Machtmittel des Staates stehen dir auf Wunsch zur Verfügung. Mycroft.«

»Nur, daß die ganze Macht des Staates hier nicht helfen kann«, lächelt Holmes. Er holt den großen Stadtplan von London und breitet ihn auf dem Tisch aus. Nach einigen Minuten intensiven Kartenstudiums sagt er befriedigt: »Sehr gut! Allmählich laufen die Dinge so, wie sie sollen. Ja, Watson, mir scheint wirklich, daß wir jetzt endlich vorankommen.«

Er lächelt und schlägt mir auf die Schulter.

»Ich gehe aus. Ich will etwas nachprüfen. Da brauche ich Sie nicht dabei. Bei den wichtigen Dingen muß natürlich mein Freund und Biograph immer dabei sein. In ein bis zwei Stunden bin ich zurück. Sollte Ihnen die Zeit lang werden, können Sie ja immerhin schon anfangen niederzuschreiben, wie wir beide England gerettet haben.«

Seine gute Laune überträgt sich auf mich. Wenn der immer ernste Holmes einmal so heiter ist, dann hat er guten Grund dazu.

Ein früher Novemberabend senkt sich über London. Ungeduldig erwarte ich Holmes' Rückkehr. Endlich, kurz nach 21.00 Uhr, kommt ein Bote mit ein paar Zeilen von ihm:

»Kommen Sie zu Goldini, in das neue italienische Restaurant in der Gloucester Road in Kensington. Bringen Sie mit: Brechstange, Blendlaterne, Stemmeisen und Revolver. SH«

Ein etwas eigenartiges Sortiment, das ich, ein biederer Bürger, da mit mir durch London trage, denke ich, als ich durch die düsteren, in Nebel gehüllten Straßen fahre. Zum Glück verdeckt der Mantel das Werkzeug vollständig.

Holmes sitzt an einem kleinen Tisch unweit der Tür. »Sie haben schon gegessen? Dann leisten Sie mir Gesellschaft bei Curaçao und Kaffee. Versuchen Sie doch auch einmal eine der Zigarren des Wirts. Sie sind weniger giftig als der Nebel draußen. Haben Sie das Werkzeug dabei?«

»Ja, hier unter dem Mantel.«

»Sehr gut. Ich will kurz umreißen, wo wir stehen und was wir vorhaben. Es kann keinen Zweifel mehr geben, Watson, daß der junge Mann erst getötet und dann auf das Dach eines U-Bahnwaggons gelegt wurde. Ich vermutete das schon, als ich feststellte, daß West nicht aus dem Zug, sondern vom Dach auf den Gleiskörper gefallen sein mußte.«

»Vielleicht hat man ihn von einer Brücke auf den fahrenden Zug geworfen?«

»Das halte ich für unmöglich. Die Dächer der Waggons sind schwach gewölbt und haben kein Geländer. Ein Körper, der aus größerer Höhe auf einen fahrenden Zug fällt, kann gar nicht liegenbleiben. Cadogan West muß darauf gelegt worden sein.«

»Ja wie denn und wo denn?«

»Das ist der springende Punkt. Es gibt nur eine Möglichkeit. Sie wissen doch, daß die U-Bahn in Westend streckenweise oberirdisch geführt wird. Von meinen gelegentlichen Fahrten hatte ich jedenfalls dunkel die Erinnerung an Fenster von Häusern über meinem Kopf. Es sollte also wohl kaum schwierig sein, aus einem solchen Fenster einen Körper auf einen haltenden Zug zu legen!«

»Ein bißchen viel an Voraussetzungen, die zusammenkommen müssen!«

»Denken Sie an unseren bewährten Grundatz: Wenn alles, was denkbar erscheint, ausscheidet, müssen wir das Unmögliche annehmen. Genau dieser Fall ist jetzt eingetreten. Sie haben sich gewundert, daß ich so fröhlich war, nachdem ich Mycrofts Liste der Spione gelesen hatte. Was mich so freute, war die Tatsache, daß einer der tüchtigsten Agenten nicht nur London verlassen hat, sondern auch in einem Haus neben der U-Bahn wohnt.«

»Tatsächlich? Oder wollen Sie mir einen Bären aufbinden?«

»Keineswegs. Mein Kandidat war Hugo Overstain, Caulfield Gardens 13. Ich ging also zur Station Gloucester Road. Dort fand ich einen äußerst hilfsbereiten Beamten, der mich die Gleise entlangführte. So konnte ich mich nicht nur durch Augenschein vergewissern, daß die Rückfenster der Häuser von Caulfield Gardens auf die U-Bahn-Strecke schauen, viel wichtiger, ich erfuhr auch, daß, weil sich hier zwei Linien kreuzen, die U-Bahn-züge unter den Fenstern dieser Häuser oft mehrere Minuten halten müssen.«

»Fantastisch, Holmes. Das ist die Lösung!«

»Langsam, langsam, Watson. Wir machen Fortschritte. Gelöst ist der Fall noch lange nicht. – Nach der Rückseite inspizierte ich die Vorderseite der Häuser und vergewisserte mich, daß der Vogel tatsächlich ausgeflogen ist. Er wohnt in einem recht ansehnlichen Gebäude, in dem, soweit ich feststellen konnte, die oberen Stockwerke leerstehen. Die einzigen Bewohner sind Overstain und sein Diener. Ich bin sicher, daß Overstain wieder zurückkommt. Er dürfte nur rüber auf den Kontinent sein, um seine Beute in Sicherheit zu bringen. Verrat muß er kaum befürchten. Und auf die Idee, daß zwei Amateure bei ihm einsteigen, kommt er bestimmt auch nicht. Aber genau das werden wir jetzt tun!«

»Da mache ich nicht mit, denn in einem solchen Fall gehört die Polizei eingeschaltet!«

»Auf einen bloßen Verdacht hin wollen Sie die Polizei herbeizitieren?«

»Was hoffen Sie denn durch den Einbruch zu erreichen?«

»Es muß in der Wohnung Schriftstücke geben, die als Beweis gegen Overstain dienen können.«

»Also, Holmes, die Sache gefällt mir überhaupt nicht!«

»Schon gut! Sie sollen ja auch bloß Schmiere stehen. Den Einbruch besorge ich schon selbst. Wir können uns in dieser Situation keinerlei Skrupel leisten. Denken Sie an Mycrofts Notiz. Admiralität und Regierung warten dringend auf Ergebnisse.«

Ich stehe auf: »Sie haben recht, Holmes, haben mich überzeugt. Wir müssen einbrechen.«

Er springt auf und schüttelt mir die Hand: »Ich wußte, daß Sie mich nicht im Stich lassen.«

Bei diesen Worten sehe ich mehr freundschaftliches Gefühl in seinen Augen als je zuvor. Doch im nächsten Moment ist er wieder ganz der überlegen kühle Detektiv.

»Gehen wir. Es sind kaum tausend Meter bis zur Wohnung. Und verstecken Sie unser Einbruchswerkzeug nur gut. Wenn man Sie als verdächtiges Subjekt verhaftete, würde das die Sache nur unnötig komplizieren.«

Caulfield Gardens: Reihen glatt verputzter Häuser mit pfeilergeschmückten Fassaden und Säulenhallen, so ganz ein Produkt Viktorianischer Zeit in ihrer Hochblüte und so weit verbreitet in Londons Westend. Im Nachbarhaus findet eine Kinderparty statt. Fröhlich kreischt es, ein Klavier klimpert immer die gleichen fünf Töne. Nebel hüllt uns ein, verbirgt uns.

Holmes richtet den Strahl seiner Laterne auf die schwere Tür. »Da kommen wir nicht rein«, sagt er. »Die ist sicher nicht nur abgeschlossen, sondern auch verriegelt. Versuchen wir's lieber an der Hintertür. Stützen Sie mich mal, Watson, ich helfe Ihnen dann von der anderen Seite über den Zaun.«

Einen Moment später stehen wir beide im Hinterhof. Schritte klingen auf, nähern sich. Wir drücken uns in den Schatten. Schemenhaft marschiert im Nebel ein Polizist vorüber. Sobald wir ihn nicht mehr hören, beginnt Holmes mit der Arbeit. Er bückt sich, setzt das Brecheisen an, drückt und stemmt, bis die Tür mit einem scharfen Knacken auffliegt. Holmes schlüpft hinein, ich folge und schließe hinter mir die Tür. Hinauf geht es eine schmale Treppe. Der scharfe Strahl von Holmes' Laterne fällt auf ein Fenster.

»Das muß es sein, Watson.« Holmes öffnet das Fenster. Aus der Ferne ertönt ein dumpfes Grollen, nähert sich, wird lauter: Ein Zug braust vorüber. Holmes beleuchtet das Fensterbrett. Es ist dick mit Ruß überzogen. Aber nicht gleichmäßig. Da sind Stellen, die glänzen, als habe man sie gerade erst abgewischt.

Holmes deutet darauf: »Sehen Sie, Watson. Hier hat der Körper das Fensterbrett gestreift. Nanu, was ist denn das? Tatsächlich, ein angetrockneter Blutfleck. Und hier auf der Treppe auch. Der Beweis ist eindeutig. Jetzt brauchen wir nur noch einen Zug, der hält.«

Wir müssen nicht lange warten. Schon der nächste Zug verlangsamt nach dem Verlassen des Tunnels das Tempo und kommt mit kreischenden Bremsen genau unterm Fenster zum Stehen. Nur etwa 1,20 m sind es bis zum Dach des nächsten Waggons. Holmes schließt sacht das Fenster. »Nun, was sagen Sie jetzt, Watson?«

»Ein Meisterstück der Kombinationskunst. Sie haben sich selbst übertroffen!«

»Das möchte ich nicht sagen. Seit ich die wirklich naheliegende Idee hatte, daß die Leiche auf dem Dach des Zuges gelegen haben mußte, ergab sich alles andere von selbst. Ginge es nicht um ein Staatsgeheimnis, wäre dieser Fall alles andere als außergewöhnlich. Die Schwierigkeiten fangen jetzt erst an. Aber vielleicht finden wir in der Wohnung etwas, was uns weiterbringt.«

Wir marschieren durch die Küche in die Wohnräume im ersten Obergeschoß. Das Eßzimmer bietet nichts Interessantes. Auch die flüchtige Durchsuchung des Schlafzimmers bleibt ohne Ergebnis. Der letzte Raum schließlich, vollgestopft mit Büchern und Papieren, offensichtlich das Arbeitszimmer, verspricht mehr. Holmes geht gründlich vor. Rasch und systematisch prüft er den Inhalt von Schubladen und Fächern. Erfolglos. Eine Stunde später sind wir noch nicht klüger als zuvor.

»Der schlaue Fuchs hat alle Spuren verwischt«, knurrt Holmes. »Nichts, aber auch gar nichts Belastendes ist zu finden. Entweder hat er alles verbrannt oder er hat es fortgeschafft. Das ist unsere letzte Hoffnung.«

Er meint die kleine Kassette auf dem Schreibtisch. Holmes bricht sie mit dem Stemmeisen auf. Sie enthält einige Blätter mit Zeichnungen und Berechnungen, jedoch ohne jeglichen Hinweis, worum es sich handelt. Holmes legt sie ungeduldig beiseite. Ganz unten in der Kassette findet sich nur noch ein Umschlag mit Zeitungsausschnitten. Holmes breitet sie auf dem Tisch aus. Sein Gesicht erhellt sich.

»Was haben wir denn da, Watson? Ah, eine Sammlung von Zeitungsausschnitten. Sie dürften aus dem Daily Telegraph stammen. Kein Datum? Aber die Reihenfolge ergibt sich aus dem Inhalt. Alle Ausschnitte enthalten Nachrichten. Das ist sicher die erste: ›Hoffte früher von Ihnen zu hören. Mit Bedingungen einverstanden. Nachricht an Adresse auf Karte. Pierrot.‹
Die nächste dürfte diese da sein: ›Beschreibung zu kompliziert. Brauche vollen Bericht. Bezahlung nach Lieferung. Pierrot.‹
Und dann kommt: ›Die Sache eilt. Ziehe Angebot zurück, wenn Abmachung nicht eingehalten wird. Schlagen Sie Treffen brieflich vor. Bestätige durch Anzeige. Pierrot.‹
Hier die letzte Nachricht: ›Montag abend nach 21.00 Uhr. Zweimal klopfen. Nur wir beide. Warum so mißtrauisch? Geld auf die Hand bei Lieferung. Pierrot.‹
Recht aufschlußreich, nicht wahr, Watson? Aber, wie kommen wir an den Mann am anderen Ende heran?«
Holmes überlegt und trommelt nachdenklich mit den Fingern auf den Schreibtisch. Schließlich steht er auf und sagt:
»Vielleicht ist es einfacher als es scheint. Hier jedenfalls können wir nichts mehr tun, Watson. Schaffen wir noch etwas Ordnung und machen dann zum guten Abschluß eines arbeitsreichen Tages einen kurzen Besuch in der Redaktion des Daily Telegraph.«

Am nächsten Morgen, nach dem Frühstück, sitzen Mycroft und Lestrade bei uns. Sie sind gekommen, um in Einzelheiten zu hören, was wir erreicht haben. Sherlock Holmes berichtet. Als er zum Einbruch kommt, schüttelt Lestrade entsetzt den Kopf: »So etwas kann sich die Polizei nicht leisten. Kein Wunder, daß Sie derart erfolgreich sind, Mr. Holmes. Aber passen Sie nur auf. Eines Tages werden Sie einmal zu weit gehen und werden sich gehörig in Schwierigkeiten bringen.«
»Alles fürs Vaterland, das teure...! Dann sind wir eben Märtyrer für eine gute Sache! Was sagst denn du dazu, Mycroft?«
»Fantastisch, ganz fantastisch, was du herausbekommen hast. Wirklich großartig. Aber was fängst du damit an?«
Holmes nimmt den heutigen Daily Telegraph vom Tisch, schlägt ihn auf: »Hast du schon Pierrots neueste Anzeige gelesen?«

74

»Was, machst du Witze?«

»Aber nein! Schau, was hier steht: ›Heute nacht, gleiche Stunde, gleicher Ort. Zweimal klopfen. Lebenswichtig. Es geht um Ihre Sicherheit. Pierrot!‹

»Mann, wenn er daraufhin kommt, dann haben wir ihn«, jubelt Lestrade.

»Genau deshalb gab ich die Anzeige auf«, sagt Sherlock Holmes und lächelt etwas gönnerhaft, wie mir scheint. »Wie wär's, wenn wir uns alle gegen 8.00 Uhr in Caulfield Gardens treffen? Dort sollten wir, meine ich, der Lösung des Falls ein Stückchen näherkommen.«

Es ist eine der bewundernswertesten Fähigkeiten meines Freundes, daß er völlig abschalten kann. Während ich dem Abend entgegenfiebere und mir den Kopf darüber zerbreche, wer wohl der Verräter sein mag, vertieft er sich in seine tiefschürfende Abhandlung über Orlando di Lassos Motetten.

Endlich ist es soweit. Wir haben zu Abend gegessen und können aufbrechen. Mycroft Holmes und Lestrade stoßen wie verabredet an der Station Gloucester Road zu uns. Mycroft lehnt es ganz indigniert kategorisch ab, über das Gitter zu steigen. So muß ich durch die Hintertür und den Haupteingang öffnen, was keinerlei Probleme macht, weil unser »Gastgeber« Overstain zuvorkommenderweise einen Zweitschlüssel innen neben der Tür hängen hat. Wenig später sitzen wir im Arbeitszimmer und erwarten Pierrots geheimnisvollen Besucher.

Unsere Geduld wird auf eine harte Probe gestellt. Schließlich schlägt die nahe Kirchturmuhr 11.00 Uhr. Mir scheint, wir müssen unsere Hoffnungen, den Verräter zu fangen, für heute zu Grabe tragen. Mycroft und Lestrade können kaum noch stillsitzen. Alle zwei Minuten schaut einer von ihnen auf die Uhr. Sherlock Holmes dagegen ist die Ruhe selbst. Obwohl er die Lider halb geschlossen hat, weiß ich, daß er hellwach ist. Mit einem Ruck richtet er sich auf: »Er kommt!« sagt er.

Man hört verstohlene, zögernde Schritte. Sie gehen vorüber, nähern sich wieder. Dann ein Scharren, und schließlich fällt zweimal kurz und scharf der Türklopfer nieder. Holmes springt auf, bedeutet uns mit einer Geste sitzenzubleiben. Er geht ruhig, mit

75

gleichmäßigen Schritten hinunter in die nur schwach erleuchtete Vorhalle und öffnet die Haustür. Einen Moment später fällt sie wieder ins Schloß und wir hören ihn sagen: »Hier lang.«

Doppelte Schritte kommen die Treppe hoch und dann steht unser Mann vor uns. Als er uns sieht, entfährt ihm ein Ausruf der Überraschung, er macht einen Schritt zurück, wendet sich um, will fliehen. Aber Sherlock Holmes, der hinter ihm stehengeblieben war, packt ihn, schiebt ihn ins Zimmer und schließt die Tür. Mit den Worten: »Guten Abend, Sir, würden Sie wohl die Freundlichkeit haben, uns Ihr Gesicht zu zeigen?«, entwindet er ihm Hut und den Schal, der das Gesicht verhüllt: Vor uns steht Colonel Valentine Walter.

Holmes stößt einen Pfiff aus: »Das ist aber nicht der Vogel, den ich erwartet habe. Denken Sie daran, Watson, wenn Sie die Geschichte aufschreiben: Hier hat sich der Meisterdetektiv geirrt.«

»Wer ist der Kerl denn?« stößt Mycroft ärgerlich hervor.

»Colonel Valentine Walter, der Bruder von Sir James Walter. Jetzt ist mir alles klar. Aber wir wollen ihn selbst hören.«

Der Colonel hat sich inzwischen wieder gefaßt.

»Vielleicht lassen Sie mich endlich los, Mr. Holmes.«

Zwischen dem Mister und Holmes macht er hörbar eine Pause. »Was soll das überhaupt? Was wollen Sie hier? Wo ist Mr. Overstain?«

»Machen Sie kein Theater, Colonel«, sagt Sherlock Holmes eisig. »Wir wissen alles. Ihre Geschäfte mit Overstain und den Mord an Cadogan West. Wie kann ein Gentleman und Engländer nur ein so erbärmlicher Schuft sein? Ich rate Ihnen in Ihrem eigenen Interesse, nicht länger zu leugnen und den Unschuldigen zu spielen.«

Der Colonel stöhnt verzweifelt und schlägt die Hände vors Gesicht. Gebrochen sinkt er auf den nächsten Stuhl.

»Nun, vielleicht darf ich Ihr Gedächtnis etwas auffrischen«, sagt Sherlock, da Valentine Walter keinerlei Anstalten macht zu sprechen.

»Sie waren in Geldschwierigkeiten. So kamen Sie auf die Idee, die Pläne für das U-Boot zu verkaufen. Sie verschafften sich Nachschlüssel, indem Sie Abdrücke von den Schlüsseln Ihres

Bruders machten. Dann nahmen Sie Kontakt mit Overstain auf, der Ihnen per Anzeige im Daily Telegraph antwortete. Montag abend begaben Sie sich ins Büro, um die Pläne zu holen. Dabei lief Ihnen Cadogan West über den Weg, der Sie schon seit einiger Zeit in Verdacht hatte. West folgte Ihnen, sah, wie Sie die Pläne an sich nahmen. Er konnte aber nicht sicher sein, ob Sie nicht vielleicht im Auftrag Ihres Bruders handelten. So schlug er nicht Alarm, sondern folgte Ihnen im Nebel unbemerkt bis zu diesem Haus. Hier stellte er Sie zur Rede, und hier wurden Sie vom Dieb und Verräter zum Mörder.«

»Nein, nicht ich! Nein, nein! Bei allem was mir heilig ist, ich habe ihn nicht umgebracht.«

»Dann sagen Sie mir doch, wie Cadogan West ums Leben kam und wer die Leiche auf das Dach des U-Bahn-Waggons gelegt hat?«

»Alles war so, wie Sie sagten. Nur getötet habe ich ihn nicht. Das ist die lautere Wahrheit. Ich hatte erhebliche Schulden. Meine Gläubiger wollten sich nicht mehr gedulden. Overstain bot mir fünfzigtausend Pfund für die Pläne. Damit konnte ich mich retten. Aber ein Mörder bin ich nicht!«

»Weiter!«

»West hatte tatsächlich irgendwie Verdacht geschöpft. An jenem Abend folgte er mir, ohne daß ich es bemerkte. Der Nebel war so dicht, daß man keine 3 m weit sehen konnte. Ich klopfte an Overstains Tür, er öffnete. In dem Moment tauchte der junge Mann auf und wollte wissen, was wir mit den Plänen vorhätten. Er ließ nicht locker und versuchte, sich mit Gewalt Zutritt zum Haus zu verschaffen. Da zog Overstain einen Totschläger aus der Tasche und schlug zu. Er traf West am Kopf. Der junge Mann fiel zu Boden und prallte mit dem Kopf auf die Treppe. Fünf Minuten später war er tot. Wir zogen den Leichnam in die Vorhalle und überlegten, was wir tun sollten.

Die Idee mit dem Zug hatte Overstain. Zuvor aber sah er sich die Pläne genau an. Drei davon schienen ihm besonders wichtig. Er bestand darauf, sie zu behalten. Das geht nicht, sagte ich, eingedenk dessen, was in Woolwich los sein würde, wenn man den Verlust bemerkte. Overstain ließ nicht locker. Er sagte, er könne in so kurzer Zeit keine Kopien machen, dafür seien die Pläne zu kompliziert. Darauf erwiderte ich, dann solle er eben auf das Geschäft verzichten, denn alle zehn Pläne müßten noch in der gleichen Nacht nach Woolwich zurück.

Wieder war es Overstain, der einen Ausweg fand. Er meinte, er könne die drei Pläne ohne weiteres behalten. Die anderen sollten wir einfach West in die Tasche stecken. Damit würde jeder ihn für den Dieb halten und glauben, er habe die drei anderen verkauft, wobei unmöglich ein Verdacht auf uns beide fallen könne. Gesagt, getan. Es blieb uns dann nur noch, den Leichnam auf den nächsten Zug zu befördern, der unter dem Hinterfenster hielt.«

»Und Ihr Bruder?«

»Ich glaube, er hatte mich in Verdacht. Gesagt allerdings hat er nichts, doch ich las es in seinem Blick. Er muß es auch gewußt haben, denn er hat mich einmal dabei erwischt, wie ich mit seinen Schlüsseln hantierte. Die Geschichte hat ihm das Herz gebrochen.«

Colonel Valentine Walter senkt das Haupt. Schwer lastet Schweigen im Raum. Schließlich räuspert sich Mycroft und sagt: »Sie sollten versuchen, den Schaden wiedergutzumachen. Das würde Ihr Gewissen erleichtern und vielleicht auch die Strafe.«

»Wie kann ich das?«

»Wo ist Overstain mit den Plänen?«

»Ich weiß nicht.«

»Er hat Ihnen keine Adresse gegeben, wo Sie ihn erreichen können?«

»Doch. Er meinte, eine schriftliche Nachricht würde ihn per Adresse Hotel du Louvre in Paris erreichen.«

»Dann haben Sie noch eine Chance, den Schaden zu reparieren«, meint Sherlock Holmes.

»Ich bin zu allem bereit.«

»Gut, dann setzen Sie sich hier an den Schreibtisch und schreiben:

›Sehr geehrter Herr,

Sie werden festgestellt haben, daß bei unserer Transaktion ein wichtiges Detail vergessen wurde. Ich verfüge inzwischen dar-

78

über, mußte mich aber deswegen finanziell vollkommen verausgaben. Der Preis beträgt fünftausend Pfund bar auf die Hand. Der Postweg ist ausgeschlossen. Kann im Moment England nicht verlassen, ohne die Polizei aufmerksam zu machen. Erwarte Sie deshalb am Samstag nachmittag im Rauchersalon des Hotels Charing Cross. Nochmals: Nehme nur Bargeld!‹

Das reicht! Adressieren Sie den Brief an das Hotel du Louvre in Paris. – Es sollte mich wundern, wenn uns das nicht den Mann ins Netz lockt.«

Sherlock Holmes behielt recht. Overstain kam und wurde verhaftet. Die drei unersetzlichen Pläne fanden sich in seinem Gepäck. Weil ergänzungsbedürftig, hatte er sie noch nicht verkaufen können. So brachte ihm das, was der größte Coup seines Lebens hatte werden sollen, nichts ein als 15 Jahre Gefängnis.

Colonel Walter aber erlebte nicht einmal mehr das Ende seines zweiten Jahres im Gefängnis. Sherlock Holmes kehrte zurück zu seiner Abhandlung über die Motetten Orlando di Lassos. Das Werk ist inzwischen als Privatdruck erschienen und hat in Fachkreisen viel Beifall gefunden. Ein paar Wochen nach der Aufklärung des Falls erhielt Sherlock eine Einladung nach Schloß Windsor. Als er zurückkam, stak in seiner Krawatte eine Nadel mit einem wundervollen Smaragd. Natürlich fragte ich ihn, wo er sie herhabe. Er meinte, sie sei das Geschenk einer gewissen hochstehenden Dame, der er einen kleinen Dienst habe erweisen können.

79

Der geheime Marinevertrag

Staatsinteressen berührte auch der folgende Fall, der allerdings weitaus glimpflicher ablief, das heißt, es gab keine Toten. Und trotzdem, jetzt, wo die Ereignisse erneut vor meinem geistigen Auge abrollen, bin ich im Zweifel, ob er nicht noch verwickelter und rätselhafter war als der eben geschilderte. Als ich vor einiger Zeit Holmes darauf ansprach, meinte er:

»Eine so naive Frage können auch nur Sie stellen, Watson. Ich frage nie danach, welcher Fall schwieriger ist. Ich konzentriere mich immer ganz und ohne Einschränkungen auf den gerade laufenden Fall. Natürlich entwickelt man als Detektiv gewisse Lösungsmuster. Doch kein Fall läßt sich mit dem anderen vergleichen. Die Materie, mit der ich umgehe, ist das Leben. Und was könnte vielfältiger sein? Entsprechend vielfältig sind die Probleme der Menschen. So kommt es nicht auf einen eingebildeten Schwierigkeitsgrad an, sondern darauf, daß mein Verstand stets perfekt arbeitet.«

Doch kommen wir zurück auf besagten Fall, der höchste Staatsinteressen berührte. Begonnen hatte alles mit folgendem Brief:

»Lieber John,

Du erinnerst Dich sicher noch an mich, Percy Phelps, in Schulzeiten seligen Angedenkens besser bekannt als ›Kaulquappe‹. Vielleicht hast Du meinen Werdegang noch ein Stückchen verfolgt und mitgekriegt, daß ich nach dem Studium durch Vermittlung meines Onkels im Auswärtigen Amt gelandet bin. Hier konnte ich mich rasch hocharbeiten, bis ein böser Schicksalsschlag alles, was ich erreicht hatte, zunichte machte.

Ich will hier nicht in Einzelheiten gehen, denn ich hoffe, Dir bald persönlich gegenüberzusitzen. Die letzten neun Wochen lag ich mit einem schweren Nervenfieber im Bett. Du wirst Dir sicher vorstellen können, wie schwach ich infolgedessen jetzt noch bin. Ob Du wohl Deinen Freund Sherlock Holmes mitbringen könntest? Ich würde ihm gerne meinen Fall vortragen, obwohl man mir gesagt hat, es ließe sich nichts mehr machen. Komm sobald wie möglich, komm mit ihm. Jede Minute, die ich in dieser schrecklichen Ungewißheit zubringen muß, zählt wie eine Stunde! Sag Holmes, daß, wenn ich ihn bisher nicht um seinen Beistand gebeten habe, das an meiner Krankheit lag, nicht an einem Mißtrauen in seine Fähigkeiten. Sogar jetzt noch bin ich so schwach, daß ich den Brief nicht selbst schreiben kann, sondern diktieren muß. Ach ich darf gar nicht an die Geschichte denken. Versuch alles, Holmes mit hierher nach Brierbrae zu bringen. Dein alter Schulkamerad Percy Phelps!«

Ich muß ehrlich sagen, der rührende, etwas verworrene Brief ging mir ans Gemüt. Nicht, daß ich oder meine Mitschüler Percy, die Kaulquappe, sehr geliebt hätten. Dafür galt er zu sehr als Streber. Heute weiß ich, daß er nur sehr begabt war und seine Interessen gründlich andere waren als die seiner Mitschüler. Percy mußte geholfen werden, das stand für mich fest.

So machte ich mich, sobald ich mich von meiner Praxis losreißen konnte – inzwischen hatte ich ja meinen alten Beruf wiederaufgenommen –, auf den Weg in die Baker Street. Holmes saß, angetan mit einer Art Laborkittel an seinem Labortisch und experimentierte. In einem großen Glaskolben über einem Bunsenbrenner kochte sprudelnd eine Flüssigkeit. Ihr Dampf kondensierte in einer Glasschlange und tropfte von dort in ein Becherglas.

Holmes ließ sich nicht stören, warf mir nur einen Blick zu, als ich eintrat. So setzte ich mich in einen Sessel und wartete. Holmes entnahm mit einer Pipette verschiedenen Flaschen Proben und gab sie ins Becherglas. Dann füllte er eine Portion der fertigen Lösung in ein Reagenzglas und kam damit zu mir an den Tisch.

»Jetzt kommt es darauf an, Watson«, sagte er. »Wenn dieses Lackmuspapier blau bleibt, ist alles okay. Wird es rot, dann muß ein Mann sterben.«

Er tauchte das Lackmuspapier ein: Es wurde sofort dunkelrot.

»Das habe ich mir gedacht«, meinte er. »Gleich habe ich Zeit für Sie, Watson. Der Tabak ist im persischen Pantoffel. Bedienen Sie sich.«

Er ließ sich am Schreibtisch nieder, setzte ein paar Telegramme auf und ließ sie gleich vom Diener auf die Post bringen. Dann kam er wieder herüber, setzte sich ebenfalls in einen Sessel, schlug die Beine übereinander und faltete die Hände über den Knien.

»Es ging um einen ganz alltäglichen, kleinen Mörder«, sagte er. »Sie bringen mir sicher einen interessanteren Fall! Ich seh's Ihnen an der Nasenspitze an.«

Statt einer Antwort gab ich ihm den Brief. Er las und meinte dann: »Nicht viel daraus zu entnehmen.«

»So gut wie gar nichts«, antwortete ich.

»Recht aufschlußreich die Schrift!«

»Wieso? Phelps hat den Brief doch gar nicht selbst geschrieben!«

»Ja eben, es war eine Frau.«

»Eher ein Mann«, protestierte ich.

»Eine Frau! Und zwar eine mit viel Charakter. Ein wichtiger Umstand, wenn man am Anfang eines Falles schon weiß, daß der Klient eng mit einem willensstarken Menschen verbunden ist. Der Fall interessiert mich. Von mir aus können wir sofort zu unserem unglücklichen Diplomaten und der Dame, der er seine Briefe diktiert, aufbrechen.«

Wir bekamen am Waterloo-Bahnhof erfreulicherweise gleich einen Zug und waren so schon in einer knappen Stunde in dem von Heide und Fichtenwäldern umgebenen Woking. Brierbrae erwies sich als alleinstehendes Haus inmitten eines großen Grundstücks, nur wenige Gehminuten vom Bahnhof entfernt. Wir gaben unsere Visitenkarten ab und wurden in einen eleganten Salon geführt. Nach wenigen Minuten erschien ein ziemlich beleibter Mann und bot uns ein ausnehmend freundliches Willkommen. Obwohl sicher schon an die 40 Jahre alt, erweckte er mit seinen roten Backen und den knitzen Augen den Eindruck eines etwas rundlichen Lausbuben.

»Wie schön, daß Sie gekommen sind«, sagte er und schüttelte

uns nachdrücklich die Hand. »Percy ist ganz wild darauf, Sie zu sehen. Er klammert sich halt an jeden Strohhalm. Seine Eltern baten mich, daß ich Sie in Empfang nehme. Die Geschichte ist ihnen äußerst peinlich.«

»Bis jetzt wissen wir noch gar nicht, worum es geht«, entgegnete Holmes. »Ah, ich sehe, Sie gehören nicht zur Familie.«

Unser Lausbub stutzte. Dann sah er an sich herunter und begann schließlich zu lachen: »Ach, das JH auf dem Ring? Und ich dachte schon, Sie können hellsehen. Ich bin Joseph Harrison. Percys Verlobte Annie ist meine Schwester. Sie ist übrigens bei ihm. Am besten führe ich Sie gleich in sein Zimmer.«

Es lag im gleichen Stockwerk und war als Wohnschlafraum eingerichtet. Überall standen liebevoll eingestellte Blumen. Percy, sehr blaß, lag auf einem Sofa in der Nähe des weit offenen Fensters, durch das ein lauer Sommerwind den Duft von Blumen hereintrug. Neben Percy saß eine junge Frau.

»Ach, ich sehe, du bekommst Besuch. Ich lasse dich jetzt besser allein«, sagte sie und versuchte aufzustehen. Doch Percy hielt sie fest und drückte sie sanft auf den Stuhl zurück.

Er sah mich an und sagte: »Lange nicht gesehen! Wie geht es dir, John? Den Schnurrbart hast du damals allerdings noch nicht gehabt. Ich wußte, daß du mich nicht im Stich lassen wirst.« Er lächelte. »Und das ist sicher dein berühmter Freund Mr. Sherlock Holmes.«

Ich machte die beiden miteinander bekannt. Dann setzten wir uns. Lausbub verließ das Zimmer. Seine Schwester aber blieb. Sie war trotz der etwas zu kurz und zu breit geratenen Figur eine auffallend schöne Frau mit ihrem olivbraunen, von einer Flut tiefschwarzen Haares umrahmten Gesicht, in dem große, dunkle Augen standen. Neben diesem Bild blühenden Lebens fiel die krankhafte Blässe des Mannes neben ihr um so mehr auf.

»Verschwenden wir keine Zeit«, sagte er, »und kommen gleich zur Sache. Ich hatte beruflich Erfolg. Privat stand ich kurz vor der Heirat. Und dann fiel jener Schicksalsschlag, der alles zunichte machte.

Watson hat Ihnen, Mr. Holmes, vielleicht schon erzählt, daß der jetzige Außenminister, Lord Holdhurst, mein Onkel ist. Er

83

brachte mich im Auswärtigen Amt unter und förderte mich nach Kräften. Ich konnte allen Anforderungen genügen, was mir den Ruf eines äußerst tüchtigen und zuverlässigen Mitarbeiters einbrachte und mich schnell auf der Erfolgsleiter emporklettern ließ. Vor etwa zehn Wochen, am 23. Mai, um genau zu sein, rief mich mein Onkel zu sich. Er lobte mich sehr und eröffnete mir, daß er als Vertrauensbeweis eine besondere Aufgabe für mich habe.

›Das ist‹, sagte er zu mir und gab mir ein Bündel Papiere, ›der Geheimvertrag zwischen Italien und England. Leider hat die Presse schon davon Wind bekommen. Du kannst dir vielleicht vorstellen, was Frankreich oder Rußland dafür zahlen würden, wenn sie den Inhalt des Vertrags erführen. Nun brauche ich ganz dringend eine Abschrift. Und die sollst du machen.

Nimm das Dokument mit in dein Büro und verwahre es gut. Nach Dienstschluß, wenn alle anderen fort sind, machst du die Abschrift und schließt dann die Papiere wieder ein. Ich muß leider gleich zu einer Sitzung, die sicher lange dauert. So gibst du mir, aber nur mir persönlich die Papiere dann morgen zurück.‹ Ich nahm den Vertrag und . . .«

»Halt, Mr. Phelps, da möchte ich gleich einhaken«, unterbrach ihn Holmes. »Konnte irgend jemand das Gespräch mithören?«

»Nein, wir waren allein im Zimmer.«

»Wie groß ist es?«

»Schätzungsweise 80 qm.«

»Wo standen oder saßen Sie beide?«

»So ziemlich in der Mitte des Raumes.«

»Sprachen Sie sehr laut?«

»Im Gegenteil. Mein Onkel spricht eigentlich immer sehr leise. Und ich selbst habe so gut wie gar nichts gesagt.«

»Gut«, sagte Holmes und runzelte die Stirn. »Erzählen Sie weiter.«

»Ich hielt mich genau an meine Anweisungen und wartete, bis alle Kollegen fort waren. Und weil Charles Gorot – er sitzt in meinem Büro – eine Überstunde einlegte, ging ich derweil etwas Essen. Als ich zurückkam, war er gerade am Gehen. Ich machte mich sofort an die Arbeit, weil ich mit Joseph – ich

84

meine Mr. Harrison, Sie haben ihn ja gerade kennengelernt –, der zufällig in London war, im 23.00-Uhr-Zug nach Hause, nach Woking, fahren wollte.

Eine flüchtige Durchsicht des Vertrages zeigte mir, wie brisant er ist. Natürlich kann ich hier nicht auf Einzelheiten eingehen. Nur soviel sei angedeutet, daß es um die Maßnahmen geht, die Italien und England ergreifen wollen, wenn Frankreichs Flotte im Mittelmeer das Übergewicht bekommen sollte.

26 Paragraphen galt es abzuschreiben. Um 21.00 Uhr hatte ich gerade neun geschafft. Es bestand also keine Aussicht, daß ich meine Arbeit rechtzeitig bis zur Abfahrt des Zuges beenden konnte. Auch war ich reichlich müde. Sicher vom Essen, aber auch, weil der Tag doch recht lang gewesen war. Eine Tasse Kaffee würde mir guttun, dachte ich. Nun ist die Portiersloge im Haus die ganze Nacht besetzt und man kann sich, wenn man länger arbeiten muß, dort einen Kaffee machen lassen.

Ich schellte also kräftig nach dem Portier. Zu meinem Staunen erschien eine große ältere, recht derbe Frau, eine Schürze über dem Kleid, die Frau des Pförtners, wie sie erklärte und mit Putzen im Haus beschäftigt. Nun, ich gab meine Bestellung auf und machte mich wieder an die Arbeit. Zwei Paragraphen später war der Kaffee noch immer nicht da. Also beschloß ich zu schauen, wo er bliebe. Ich ging über den Flur vor meinem Zimmer – einen anderen Ausgang hat es nicht – und dann die Wendeltreppe hinunter. Sie führt ins Erdgeschoß mit der Pförtnerloge. Auf halber Höhe hat die Wendeltreppe einen Absatz, von dem man in einen rechtwinklig abgehenden Flur, der zum Zwischenstock gehört, kommt. Durch diesen Flur gelangt man zur Hintertreppe. Sie geht in die Charles Street und wird gerne von uns Angestellten benutzt, um mal schnell aus dem Haus zu schlüpfen. Soll ich es Ihnen aufzeichnen?«

»Nein, nicht nötig. Die Situation ist vollkommen klar«, sagte Sherlock Holmes.

»Was jetzt kommt, scheint mir sehr wichtig. Ich ging also die Treppe hinunter zur Pförtnerloge. Der Pförtner saß drin und schlief, während sich das Wasser auf dem Spiritusbrenner halb totkochte. Ich hob die Hand, um ihn wachzurütteln. In diesem

85

Moment fing die Glocke in der Loge an zu bimmeln, der Pförtner fuhr hoch.

›Sie, Mr. Phelps?‹ sagte er ganz verwirrt.

›Ja, ich! Ist denn mein Kaffee noch immer nicht fertig?‹ sagte ich.

›Tut mir leid‹, entschuldigte er sich. ›Ich habe das Wasser aufgesetzt und bin dann eingeschlafen.‹

Er schaute erst mich an und dann die Glocke, die immer noch hin und her schwang, wobei sich ein Ausdruck ungläubigen Staunens auf seinem Gesicht breit machte.

›Waren Sie das, der geläutet hat?‹ fragte er.

›Wieso geläutet?‹

›Außer Ihnen ist doch niemand im Haus!‹

Mir war, als ob eine eiskalte Hand nach meinem Herzen griffe. Der Vertrag! Ich raste die Treppe hoch und den Flur entlang zu meinem Büro. Kein Mensch zu sehen, das Zimmer genauso wie ich es verlassen hatte. Aber wo war der Vertrag? Der Vertrag war weg. Nur noch die unvollständige Abschrift lag da!«

Ich sah es Holmes an, das war ein Fall nach seinem Herzen. Wenn er ein Kater gewesen wäre, hätte er jetzt sicher geschnurrt. Aber er sagte nur: »Und dann?«

»Mir war sofort klar, daß der Dieb nur über die Hintertreppe gekommen sein konnte. Andernfalls hätte er mir ja über den Weg laufen müssen.«

»Und Sie sind sicher, daß er sich nicht im Zimmer oder im Flur, der, wie Sie sagten, nur schwach beleuchtet war, versteckt hatte?«

»Dazu hatte er keinerlei Chance. Im Zimmer und im Flur findet noch nicht einmal eine Maus einen Platz zum Verstecken.«

»Bitte fahren Sie fort.«

»Der Pförtner hatte natürlich gemerkt, daß etwas nicht in Ordnung sein mußte und war mir gefolgt. Ich rannte, er immer hinterher, zurück durch den Flur und die schmale Treppe hinunter zur Hintertür. Sie war zu, aber nicht abgeschlossen. Als ich sie aufriß, hörte ich drei Schläge von der nahen Kirchturmuhr. Es war also gerade Viertel vor zehn.«

»Ein sehr wichtiger Punkt«, sagte Holmes und notierte die Zeit auf der Manschette.

86

»Die Nacht war sehr dunkel, und es regnete sacht. Die ganze Charles Street schien leer, während wie üblich in White Hall dichter Verkehr herrschte. Wir liefen hin und fanden an der Ekke glücklich einen Polizisten.

Ich informierte ihn kurz über den Diebstahl und fragte, ob er jemand gesehen oder etwas Verdächtiges bemerkt habe. Er sagte, daß er schon eine Viertelstunde an diesem Platz stehe und in der ganzen Zeit nur eine ältere Frau, groß und mit einem Kopftuch, aus der Charles Street habe kommen sehen.

›Ach, das war sicher meine Frau!‹ rief der Pförtner. ›Und sonst haben Sie niemanden gesehen?‹

›Niemand!‹

›Dann ist der Dieb nach der anderen Seite davon‹, konstatierte der Pförtner und zog mich am Ärmel in die Richtung.

›Haben Sie gesehen, wo die Frau hinging?‹

Der Polizist schüttelte den Kopf: ›Keine Ahnung, Sir. Ich sah sie vorübergehen, hatte aber keinen Anlaß, ihr besondere Aufmerksamkeit zu schenken. Mir fiel nur auf, daß sie es offensichtlich sehr eilig hatte.‹

›Wie lang ist das her?‹

›Vielleicht fünf Minuten.‹

›Sie verschwenden Ihre Zeit, Sir, wo doch jede Sekunde kostbar ist‹, bedrängte mich der Pförtner. ›Ich gebe Ihnen mein Wort, daß meine Frau nichts mit der Sache zu tun hat. Gehen wir lieber in die andere Richtung. Wenn Sie nicht mitkommen, gehe ich eben allein!‹ Und fort wollte er.

Aber ich war genauso schnell hinterher und schnappte ihn mir.

›Wo wohnen Sie?‹ fragte ich.

›In Brixton, Ivy Lane 16. Aber Sie sind auf der falschen Spur, Mr. Phelps. Wir sollten wirklich lieber ans andere Ende der Straße gehen und dort nachschauen.‹

Er hatte recht, das konnte eigentlich nichts schaden. Aber am anderen Ende der Charles Street war die Situation keinen Deut anders. Viele Leute, aber alle bestrebt, möglichst schnell ins Trokkene zu kommen. Da war niemand, der länger dagestanden und vielleicht jemand hätte vorbeigehen sehen. Also marschierten wir zurück ins Amt und untersuchten alles gründlichst. Aber nir-

87

gendwo eine Spur, weder im Büro noch im Flur noch auf der Treppe.«

»Hatte es eigentlich den ganzen Abend geregnet?«

»Seit 7.00 Uhr.«

»Dann hätten doch Fußabdrücke, Schmutzspuren oder dergleichen zu sehen sein müssen.«

»Auf die Idee war der Polizist auch gekommen. Er ließ uns alle gleich an der Haustür die Schuhe ausziehen, damit wir die Spuren vom Dieb nicht mit unseren eigenen verwechseln. Aber es war rein gar nichts festzustellen.«

»Sehr merkwürdig. Und wie steht's mit dem Fenster? Vielleicht ist der Dieb von außen eingestiegen?«

»Es liegt etwa 9 m über der Erde und war verriegelt.«

»Hat Ihr Büro einen Kamin, wo sich jemand verstecken könnte?«

»Nein. Geheizt wird mit einem kleinen Kanonenofen. Es muß aber jemand im Zimmer gewesen sein und den Klingelzug, der sich an der Wand neben meinem Schreibtisch befindet, betätigt haben. Warum in aller Welt aber sollte ein Dieb läuten? Damit macht er doch nur auf sich aufmerksam?«

»Wirklich recht mysteriös. – Und im ganzen Zimmer keinerlei Spur? Zum Beispiel eine Kippe, ein liegengebliebener Handschuh, eine Haarnadel oder irgendeine andere Kleinigkeit?«

»Nichts dergleichen.«

»Auch kein ungewohnter Geruch? Parfüm oder Tabakrauch?«

»Darauf haben wir nicht geachtet.«

»Schade!«

»Ich bin Nichtraucher, hätte also Tabakrauch sofort bemerkt. Ich sage noch einmal: Es fand sich nicht der geringste Hinweis auf einen Eindringling. Die einzige Andeutung einer Spur war die Frau des Pförtners, die es nach der Beobachtung des Polizisten sehr eilig gehabt hatte. Tangey, der Pförtner, konnte uns nur sagen, daß seine Frau immer um etwa diese Zeit nach Hause ginge.

Der Polizist und ich beschlossen also, der Person gleich auf den Zahn zu fühlen, noch bevor sie Gelegenheit hatte, den Vertrag verschwinden zu lassen.

Inzwischen war Verstärkung von Scotland Yard eingetroffen. Jetzt nahm Mr. Forbes die Sache in die Hand. Er verfrachtete uns in eine Kutsche, und zehn Minuten später waren wir an der angegebenen Adresse. Auf unser Klopfen öffnete die älteste Tangey-Tochter. Die Mutter sei noch nicht zu Hause, erklärte sie, und bat uns zu warten. Zehn Minuten später hörten wir es an der Haustür klopfen. Und da begingen wir einen entscheidenden Fehler. Wir nahmen Frau Tangey nicht gleich selbst in Empfang, sondern ließen die Tochter öffnen. Wir hörten sie sagen: ›Mutter, da warten zwei Herren auf dich.‹ Daraufhin hörte man Laufen. Forbes riß die Tür auf und stürzte hinaus, nur um zu sehen, daß Frau Tangey in der Küche verschwand. Wir natürlich sofort hinterher. Frau Tangey starrte uns trotzig an, als wir in die Küche stürmten. Dann erkannte sie mich, und ihr Gesichtsausdruck wechselte zu absoluter Verständnislosigkeit.

›Aber Sie sind doch Mr. Phelps vom Amt!‹, stotterte sie.

›Was haben Sie denn gedacht, wer wir sind?‹ fragte Forbes.

›Ich dachte, Sie wären Geldeintreiber. Wir hatten nämlich letzthin Ärger wegen eines Darlehens.‹

›Das machen Sie einem anderen weis‹, bellte Forbes. ›Ich vermute eher, daß Sie die Papiere verschwinden lassen wollten, die Sie aus dem Amt mitgenommen haben. Sie müssen mit nach Scotland Yard kommen.‹ Sie protestierte. Eine gründliche Durchsuchung der Küche und vor allem ein Blick in den Herd – falls das Weib in dem Moment, wo sie allein war, die Papiere ins Feuer geworfen hatte – brachten keinerlei Hinweise. Wir fuhren zum Yard. Frau Tangey wurde durchsucht. Vergeblich! Es fand sich nicht ein Fitzelchen des Vertrags bei ihr.

Jetzt erst kam mir meine Lage so richtig zu Bewußtsein. Bis zu diesem Zeitpunkt hatte ich handeln und alle Gedanken an die Folgen verdrängen können. Sie können sich, glaube ich, unmöglich vorstellen, wie mir zumute war. Ich, ein kleiner Angestellter, hatte durch Dummheit und Nachlässigkeit höchste Staatsgeheimnisse preisgegeben. Das mindeste, was mir drohte, war die Entlassung. Wahrscheinlich würde man mich sogar ins Gefängnis werfen. Ach, die Schande!«

Phelps barg das Gesicht zwischen den Händen, so sehr setzte ihm die Erinnerung zu.

»Bitte meine Herren, ersparen Sie Percy die weitere Schilderung seines Unglücks.« Teilnehmend fuhr Annie Harrison ihrem Verlobten übers Haar. »Als man Percy – wir waren durch ein Telegramm alarmiert worden – hierher brachte, mußte man fürchten, daß er den nächsten Tag nicht mehr erlebt.«

»Ja, ich habe es nur dir, mein Schatz, zu verdanken, daß ich noch nicht unter der Erde liege. Ohne deine aufopfernde Pflege und die Kunst Dr. Ferriers . . .«

»Nun ja, die Nachtschwester war ja auch noch da«, wandte sie ein.

»Aber, was nützt es. Mein Leben ist zerstört. Meine einzige Hoffnung ist, daß Sie, Mr. Holmes, den Vertrag wieder herbeischaffen und mich von diesem schrecklichen Verdacht befreien können.«

»Versprechen kann ich natürlich nichts. Aber ich werde mein möglichstes tun, Mr. Phelps«, sagte Holmes. »Wie kommt es eigentlich, Miß Harrison, daß Sie im Haus waren, als man Mr. Phelps brachte?«

»Das war reiner Zufall. Ich war gerade ein paar Tage vorher gekommen, um auf Percys Wunsch seine Familie kennenzulernen. Natürlich blieb ich dann, um ihn zu pflegen.«

»Und Ihr Bruder Joseph?«

»Percy und Joseph kennen sich schon lange, sie sind Freunde. Joseph geht hier im Haus ein und aus, als sei er ein Kind der Familie. – Percy und ich hätten uns eigentlich schon früher kennenlernen müssen. Aber irgendwie war ich wohl jedesmal, wenn Percy mit meinem Bruder zu uns nach Hause kam, gerade nicht da. Und als wir uns dann vor einem halben Jahr doch kennenlernten, war es Liebe auf den ersten Blick.«

»Halt, halt, Miß Harrison! Bitte ersparen Sie mir die Geschichte Ihrer Verlobung. Sie ist, glaube ich, für unseren Fall hier völlig uninteressant.

Haben Sie, Mr. Phelps, an jenem Montag irgend jemand eine Andeutung über Ihre Arbeit nach Büroschluß gemacht?«

»Nein, bestimmt nicht.«

90

»Auch nicht Ihrer Verlobten?«

»Das konnte ich doch gar nicht.«

Er blickte Holmes erstaunt an.

»Es wäre doch möglich gewesen, daß Sie Miß Harrison oder sonst jemand von Ihrer Familie an jenem Abend besucht hat.«

»Aber sicher hätte keiner davon heimlich den Vertrag an sich genommen. Ihr Verdacht ist absurd!« ereiferte sich Percy.

»Kennen Ihre Verwandten Ihren Arbeitsplatz?«

»Natürlich! Sie waren alle schon mal bei mir im Amt.«

»Nun ja. Nachdem, wie Sie glaubhaft versichern, keiner Sie besucht hat, können wir diesen Punkt wohl fallen lassen. Was können Sie mir über den Pförtner sagen?«

»Er war, soweit ich weiß, früher bei der Armee, bei den Goldstream Guards.«

»Na schön, Mr. Phelps. Das wäre dann wohl alles. Sollte ich noch Details brauchen, dann kriege ich die sicher von Mr. Forbes. Die Polizei ist ja sehr tüchtig, wenn es ums Ermitteln von Fakten geht. Bei ihrer Auswertung allerdings hapert es dann meist.«

»Sie sehen doch eine Chance, Percy zu helfen und den Vertrag wieder herbeizuschaffen, Mr. Holmes?« fragte Miß Harrison erwartungsvoll.

»Der Fall ist wirklich recht verwickelt, aber ich übernehme ihn. Sobald ich Neues berichten kann, hören Sie von mir.«

»Haben Sie denn schon eine Spur?«

»Mehr als eine. Allerdings muß ich jeder Spur erst nachgehen, bevor ich sagen kann, ob sie etwas taugt.«

»Sie haben jemand in Verdacht?«

»Mich selbst . . .«

»Wie bitte?«

» . . . daß ich vorschnelle Schlüsse ziehe.«

»Lassen sich die denn nicht in London überprüfen?«

»Ein ausgezeichneter Rat, Miß Harrison«, sagte Holmes und stand auf. »Wir können kaum etwas Gescheiteres tun, meinen Sie nicht auch, Watson? Aber wiegen Sie sich nicht in falschen Hoffnungen, Mr. Phelps. Ihr Fall ist wirklich sehr verwickelt, wie ich schon bemerkte.«

»Ich werde es kaum erwarten können, wieder von Ihnen zu hören, Mr. Holmes«, seufzte der junge Mann.

»Morgen, zur gleichen Zeit sind wir wieder hier. Mit an Sicherheit grenzender Wahrscheinlichkeit allerdings ohne die Lösung mitzubringen.«

»Das ist egal. Jedenfalls danke ich Ihnen. Schon allein der Gedanke, daß etwas getan wird, erfüllt mich mit neuem Mut. – Übrigens hat mir Lord Holdhurst geschrieben.«

»Ach! Was denn?«

»Der Brief ist kühl, aber nicht unfreundlich. Schätzungsweise hat ihn meine Krankheit milde gestimmt. Er betont noch einmal, wie wichtig die Angelegenheit ist, und fügt dann hinzu, daß man bisher von weiteren Maßnahmen – er meint sicher meine Entlassung – abgesehen habe. Man wolle mir die Gelegenheit zur Rechtfertigung geben.«

»Nun, das scheint mir eine sehr vernünftige und überlegte Reaktion«, nickte Holmes. »Auf, Watson. Wir haben heute noch einiges vor!«

Joseph Harrison fuhr uns zum Bahnhof. Als wir im Zug saßen, fragte mich Holmes: »Was meinen Sie, ob wohl Phelps gelegentlich einen über den Durst trinkt?«

»Das kann ich mir nicht vorstellen!«

»Ich auch nicht. Aber wir dürfen keine Möglichkeit außer acht lassen. Der arme Teufel steckt bis zum Hals im Sumpf, und es ist die Frage, ob wir ihm werden heraushelfen können. – Und was halten Sie von Annie Harrison, seiner Verlobten?«

»Ein starker Charakter. Sie steht mit beiden Beinen im Leben, die wirft so schnell nichts um.«

»Ja, und gutherzig ist sie auch oder ich müßte mich sehr täuschen. – Wie steht's eigentlich, Watson, haben Sie noch Zeit, mich weiter zu begleiten?«

»Meine Praxis . . .«

»Also, wenn Sie Ihre Fälle den meinen vorziehen . . .«, sagte Holmes pikiert.

»Lassen Sie mich doch ausreden, Holmes! Ich wollte sagen, daß meine Praxis gut ohne mich auskommt. Es ist gerade die ruhigste Zeit das Jahres.«

»Prima!« Er hatte seine gute Laune wiedergefunden. »Dann wollen wir die Sache gemeinsam angehen. Am besten fangen wir mit unseren Nachforschungen bei Forbes an. Von ihm bekommen wir die Details, die wir brauchen.«

»Sie sagten vorhin, Sie hätten eine Spur?«

»Nicht nur eine. Das Problem ist, unter all den Spuren die heiße Spur herauszufinden, die, die zum Ziel führt. Am schwersten aufzuklären sind Verbrechen, die niemand nützen. Das trifft im Falle Phelps nicht zu. Hier gibt es einige potentielle Nutznießer des Diebstahls: Franzosen, Russen, den Dieb, der den Vertrag an sie verkauft, und Lord Holdhurst.«

»Lord Holdhurst?«

»Warum nicht? Es wäre nicht das erste Mal, daß es einem Staatsmann sehr gelegen kommt, wenn ein wichtiges Dokument verschwindet oder in falsche Hände kommt.«

»Aber doch nicht ein Lord Holdhurst!«

»Wir müssen auch diese Möglichkeit in Betracht ziehen. Nun, wir treffen den Lord heute noch. Wollen sehen, was er zu sagen hat. Als erstes werden wir allerdings in London in allen größeren Blättern eine Anzeige aufgeben. Warten Sie. Ja, so dürfte der Text richtig sein: ›100 Pfund Belohnung für den, der die Nummer der Droschke mitteilt, die am 23. Mai um 21.45 Uhr einen Fahrgast zum Außenministerium oder in die unmittelbare Nähe brachte. Sachdienliche Mitteilungen an S. H. Baker Street 221 B.‹

»Wie kommen Sie darauf, daß der Dieb eine Kutsche benutzte?«

»Sicher bin ich natürlich nicht. Aber wenn Mr. Phelps die Wahrheit gesagt hat und ein Dieb keinerlei Möglichkeit hatte, sich zu verstecken, dann muß er von draußen gekommen sein. Nun hat es aber den ganzen Abend geregnet. Und trotzdem fanden sich keine Fußspuren. Also waren die Schuhe des Diebes trocken, das heißt, er kann nur in einer Kutsche gekommen sein.«

»Das klingt logisch.«

»Und ist eine der Spuren, von denen ich sprach. Vielleicht führt sie zu etwas. Nun zur Glocke. Daß sie läutete, ist das Seltsamste an dem Fall. Läutete der Dieb aus Übermut? Oder hatte er vielleicht einen Begleiter, der damit den Diebstahl verhindern wollte? Es könnte auch einfach ein Versehen gewesen sein oder . . .«

93

Holmes verfiel in intensives Nachdenken. Ich kannte ihn gut genug, um zu ahnen, daß ihm gerade eine neue, vielversprechende Idee gekommen war.

Es war fast halb vier, als wir den Zug verließen. Wir aßen eine Kleinigkeit am Bahnhofsbuffet und fuhren dann gleich weiter zu Scotland Yard. Forbes, ein schmaler Mann mit spitzem Gesicht, das mich an einen Fuchs erinnerte, empfing uns kühl. Als er hörte, weshalb wir kamen, wurde er richtig frostig.

»Ihre Methode, Mr. Holmes, hat sich allmählich herumgesprochen«, sagte er spitz. »Erst ziehen Sie der Polizei die Würmer aus der Nase. Dann klären Sie mit diesen Informationen das Verbrechen auf und machen die Polizei schlecht.«

»Sie haben unrecht, Mr. Forbes«, sagte Holmes mit einem Lächeln. »In den letzten fünfunddreißig von mir übernommenen Fällen tauchte viermal mein Name auf. Alle anderen gelten als von der Polizei gelöst. Aber woher sollen Sie das auch wissen. Wenn Sie erst einmal ein paar Jährchen im Polizeidienst hinter sich gebracht haben werden, werden Sie weniger auf Geschwätz und mehr auf eigene Erfahrung geben. Aber vielleicht können Sie sich immerhin jetzt schon soweit überwinden, mit mir zusammenzuarbeiten und nicht gegen mich.«

Forbes senkte beschämt den Kopf: »Für Tips, Mr. Holmes, bin ich natürlich sehr dankbar. Ich bin ehrlich gestanden im Fall Phelps bisher kaum weitergekommen.«

»Was haben Sie denn unternommen?«

»Ich habe Tangey überprüfen lassen. Er ist okay. Seine Frau allerdings ist eine ganz üble Person. Mir scheint, sie weiß mehr über die ganze Geschichte als sie zugibt.«

»Haben Sie sie beobachten lassen?«

»Ja, wir haben eine Polizistin auf sie angesetzt. Mrs. Tangey trinkt. Meine Kollegin hat schon zweimal versucht, ihr mit Alkohol die Zunge zu lösen, aber ohne Erfolg.«

»Die Tangeys hatten Schulden?«

»Die inzwischen bezahlt sind.«

»Woher hatten sie das Geld?«

»Er bekommt eine recht gute Pension. Die war ihm vermutlich nicht pünktlich gezahlt worden.«

»Warum erschien auf Mr. Phelps Klingeln hin die Frau und nicht der Mann?«

»Sie meint, ihr Mann sei sehr müde gewesen und da sei sie an seiner Stelle gegangen.«

»Das hat einiges für sich, denn er schlief ja, als Mr. Phelps nach seinem Kaffee schauen kam. Und was für eine Erklärung hat die ›Dame‹ für ihre verdächtige Eile?«

»Sie sei später als sonst dran gewesen und habe schnell nach Hause gewollt.«

»Sie haben ihr doch sicher vorgehalten, daß Sie und Mr. Phelps, obwohl Sie beide zwanzig Minuten später aufbrachen, noch vor ihr in der Wohnung waren.«

»›Zu Fuß dauere es eben länger‹, war ihre Antwort.«

»Und warum flüchtete sie in die Küche?«

»Angeblich hatte sie dort das Geld versteckt, mit dem sie die Schulden bezahlen wollte.«

»Also, das Weib weiß doch auf alles eine Antwort!«

»Haben Sie sie gefragt, ob ihr jemand in der Charles Street begegnet ist?«

»Sie sagt nein.«

»Na schön. Ihr Verhör, Mr. Forbes, war gründlich genug. Und was haben Sie außerdem unternommen?«

»Wir haben Gorot, Phelps Bürokollegen, die ganze Zeit beschattet. Aber ohne jedes Ergebnis. Der Mann ist sauber.«

»Und weiter?«

»Wir haben keine weitere Spur, keinerlei Verdachtsmomente, nichts, rein gar nichts.«

»Was halten Sie von der Geschichte mit der Glocke, Mr. Forbes?«

»Also ich muß gestehen, daß ich mir darauf keinerlei Reim machen kann. Was für eine Kaltblütigkeit, während des Diebstahls auf diese Weise auf sich aufmerksam zu machen.«

»Ein komische Sache, wirklich. Vielen Dank jedenfalls für Ihre Auskünfte. Sie hören von mir, wenn ich Ihnen den Dieb präsentieren kann. Kommen Sie, Watson, wir müssen weiter.«

»Und wohin geht es jetzt?« erkundigte ich mich, als wir wieder auf der Straße standen.

»Zu seiner Lordschaft, dem Außenminister, und vielleicht auch bald Premierminister von England.«

Wir hatten Glück, Lord Holdhurst hielt sich noch in der Downing Street auf. Holmes Karte öffnete uns sofort die Tür. Der Politiker empfing uns mit ausgesuchter Höflichkeit und nötigte uns in zwei großartige Sessel vor dem Kamin. Er selbst blieb stehen, schlank und groß, das intelligente Gesicht scharf geschnitten, das gelockte Haar schon mit Grau durchsetzt, wirklich eine vornehme Erscheinung.

»Von Ihnen habe ich schon viel gehört, Mr. Holmes«, sagte er und lächelte dabei. »Und ich muß auch nicht lange raten, warum Sie gekommen sind.«

»Es geht um Mr. Percy Phelps.«

»Ach dieser Unglücksrabe von Neffe! Es ist natürlich klar, daß ich auf Grund dieser Verwandtschaft überhaupt nichts für ihn tun kann. Ich fürchte, daß diese Geschichte seine Karriere kaum fördert.«

»Und wenn der Vertrag wieder auftaucht?«

»Das würde natürlich einiges ändern.«

»Darf ich Ihnen ein paar Fragen stellen, Lord Holdhurst?«

»Aber gern. Ich gebe Ihnen jede gewünschte Information, soweit ich darüber verfüge.«

»Fand Ihre Unterredung mit Mr. Phelps in diesem Zimmer statt?«

»Ja.«

»Dann bestand wohl kaum die Möglichkeit, daß man sie belauschte.«

»Bestimmt nicht!«

»Sind Sie ganz sicher?«

»Absolut!«

»Also wußte außer Ihnen und Mr. Phelps niemand, daß der Vertrag über Nacht in Phelps Büro war. Damit kann der Diebstahl nicht geplant gewesen sein. Der Dieb muß zufällig gekommen sein, sah die Chance, die sich ihm bot, und nahm sie wahr.«

Der Minister lächelte: »Sie haben sicher recht, wobei ich allerdings für solche Fragen kaum zuständig bin.«

»Jetzt etwas anderes«, sagte Holmes. »Ich könnte mir vorstellen, daß es ernste politische Folgen hat, wenn Einzelheiten des Vertrages bekannt werden?«

Ein Schatten huschte über das Gesicht des Politikers: »Allerdings, die schlimmsten, die man sich denken kann.«

»Ist etwas bekannt geworden?«

»Bis jetzt nicht.«

»Wenn der Vertragsinhalt der – nun, sagen wir einmal, der französischen oder russischen Regierung bekannt würde, dann würden Sie das doch erfahren?«

»Schätzungsweise ja«; sagte der Lord mit süßsaurer Miene.

»Nachdem zehn Wochen vergangen sind, wird man wohl davon ausgehen dürfen, daß der Vertrag noch nicht bei einem Abnehmer gelandet ist.«

Lord Holdhurst zuckte die Achseln: »Ich kann mir kaum vorstellen, Mr. Holmes, daß jemand den Vertrag gestohlen hat, um damit sein Zimmer zu schmücken.«

»Vielleicht wartet dieser jemand nur auf einen besseren Preis?«

»Wenn er noch lange wartet, bekommt er gar nichts mehr. In ein paar Monaten wird der Vertrag publik gemacht.«

»Das ist ein sehr wichtiger Punkt«, sagte Holmes. »Natürlich kann der Dieb plötzlich krank geworden sein.«

»Zum Beispiel ein Nervenfieber gekriegt haben, nicht wahr?« sagte der Lord und warf Holmes einen scharfen Blick zu.

»Das haben Sie gesagt!« erwiderte Holmes mit unerschütterlicher Miene. »Doch wir haben schon zuviel Ihrer kostbaren Zeit in Anspruch genommen, Lord Holdhurst. Wir dürfen uns verabschieden.«

»Ich wünsche Ihnen viel Erfolg, Mr. Holmes, egal, wer der Dieb ist.«

Der Lord brachte uns noch zur Tür.

»Alle Hochachtung vor dem Mann«, meinte Holmes, sobald wir das Ministerium verlassen hatten. »Aber er hat es nicht leicht. Reich ist er nicht und muß doch finanziell vielen Anforderungen genügen. Haben Sie gesehen, daß seine Schuhe frisch besohlt waren? Doch ich will Sie nicht länger von Ihrem Job abhalten, lieber Watson. Heute findet nichts mehr statt, es sei denn, ich erhalte Antwort auf meine Anzeige wegen der Kutsche. Aber ich wäre Ihnen sehr dankbar, wenn Sie mich morgen wieder nach Woking begleiten würden.«

So saßen wir also am nächsten Morgen wieder im Zug. Neues hatte sich nicht ereignet. Weder war eine Antwort auf die Anzeige eingegangen noch hatte Holmes, wie er sagte, einen Geistesblitz gehabt und den Fall gelöst. Holmes saß mir gegenüber. War er nun zufrieden mit dem Stand der Dinge oder nicht? Ich konnte seiner Miene nichts entnehmen, denn er hatte sein Pokergesicht aufgesetzt. Und zu sprechen beliebte er über Bertillon und die Anwendung seiner Messungen in der Kriminalistik, worüber er sich sehr lobend ausließ.

Phelps sah weit besser aus als gestern.

»Was Neues?« überfiel er uns, kaum daß wir zur Tür herein waren.

»Leider nicht, wie ich schon befürchtete«, sagte Holmes. »Ich war bei Forbes und bei Ihrem Onkel. Und dann habe ich noch zwei Spuren aufgenommen, die möglicherweise zu etwas führen.«

»Sie haben also noch nicht aufgegeben?«

»Aber warum sollte ich denn?«

»Ach, wie bin ich froh, daß Sie das sagen«, rief Miß Harrison, die wieder bei ihrem Verlobten saß. »Die Wahrheit muß ans Tageslicht kommen. Wir dürfen nur nicht die Geduld und den Mut verlieren.«

»Dafür haben wir etwas zu erzählen«, sagte Phelps.

»Ich habe darauf gehofft.«

»Heute nacht ist etwas passiert, das übel ausgehen hätte können.« Er hob beim Sprechen die Stimme, und in seine Augen trat ein Ausdruck von Furcht. »Wissen Sie, allmählich glaube ich, daß ich der Mittelpunkt einer Verschwörung bin, die sich nicht nur gegen meine Ehre, sondern auch gegen mein Leben richtet.«

»Tatsächlich?« rief Holmes.

»Es hört sich irre an, schließlich wüßte ich nicht, daß ich irgendwo einen Feind hätte. Aber nach den Erfahrungen dieser Nacht muß ich wohl doch an einen Feind glauben.«

»Erzählen Sie!«

»Es war die erste Nacht ohne Nachtschwester. Ich hatte ein

98

Nachtlicht brennen lassen. So gegen 2.00 Uhr muß es gewesen sein, da schreckte ich aus leichtem Schlummer hoch. Ich bildete mir ein, ein Geräusch gehört zu haben. Es klang, als ob eine Maus an Holz knabbere.

Ich lag da und horchte. Wenig später ertönte das Geräusch wieder, nur lauter. Und dann hörte ich beim Fenster ein scharfes metallisches Schnappen. Erschrocken fuhr ich hoch. Jetzt war mir klar, was die Geräusche bedeuteten. Jemand hatte den Riegel des Fensterladens von außen zurückgeschoben und dann wieder zurückschnappen lassen, als dieser einen Spalt offen war. Dann passierte zehn Minuten lang gar nichts. Wahrscheinlich wollte sich der Eindringling vergewissern, daß niemand wach geworden war. Schließlich begannen die Fensterläden zu knarren und wichen auseinander. Da hielt ich es nicht mehr aus im Bett. Ich sprang heraus, lief zum Fenster und riß es auf. Draußen auf dem Beet kauerte eine schwarze Gestalt. Viel sah ich nicht von ihr, denn sie verschwand wie der Blitz. Angetan war sie mit einem Mantel, dessen hochgestellter Kragen das Gesicht verhüllte. Das einzige, was ich genau erkannte, war eine Waffe. Ich bin ziemlich sicher, daß es ein Messer war, denn ich sah deutlich die Klinge in der Hand der Gestalt aufblitzen, als sie davonrannte.«

»Und was geschah dann?« fragte Holmes gespannt.

»Wäre ich nur nicht so schwach, ich wäre durch das Fenster hinterher. So blieb mir nur übrig, das Haus rebellisch zu machen. Es dauerte natürlich ein Weilchen, bis die anderen Hausbewohner anrückten. Als erster kam Joseph. Er und der Reitknecht entdeckten Eindrücke im Blumenbeet vor meinem Fenster. Auf den sehr trockenen Wegen und auf dem Rasen waren leider keine Spuren zu entdecken. Nur am Zaun zur Straße fanden sie eine Stelle, die aussieht, als sei jemand darübergestiegen, denn es sind einige Staketenspitzen abgebrochen. – Die Polizei habe ich übrigens noch nicht holen lassen. Ich wollte erst Ihre Meinung hören.«

Holmes schien sehr beeindruckt von der Geschichte. Er stand auf und marschierte im Zimmer hin und her.

»Ein Unglück kommt selten allein«, lächelte Phelps. Aber man sah, daß ihn der Einsteigeversuch sehr mitgenommen hatte.

»Sie haben wirklich für ein Weilchen genug davon gehabt«, sagte Holmes. »Ich würde mir gerne einmal den Garten anschauen. Könnten Sie mich begleiten?«

»Gern. Ein bißchen Sonne wird mir guttun. Vielleicht geht Joseph auch mit.«

»Und ich!« fügte Miß Harrison hinzu.

»Tut mir leid«, meinte da Holmes. »Sie muß ich bitten zu bleiben, wo Sie sind.«

Sie setzte sich enttäuscht und leicht beleidigt wieder hin. Wir vier aber marschierten hinaus und vor das Fenster von Phelps Zimmer. Die Eindrücke im Blumenbeet waren sehr unscharf. Holmes beugte sich einen Moment darüber und zuckte dann die Achseln: »Damit kann niemand etwas anfangen«, meinte er. »Gehen wir doch einmal ganz ums Haus herum. Vielleicht kriegen wir heraus, warum der Einbrecher gerade hier einsteigen wollte und nicht sein Glück am Eßzimmer- oder Wohnzimmerfenster versucht hat. Dort wäre es für ihn doch viel einfacher gewesen.«

»Nur hätte man ihn von der Straße aus sehen können«, wandte Harrison ein.«

»Ach richtig. Und wie ist es hier mit dieser Tür?«

»Das ist der Lieferanteneingang; der wird nachts immer abgeschlossen und verriegelt.«

»Hat man schon früher versucht einzubrechen?«

»Nie«, sagte Percy Phelps.

»Gibt es etwas im Haus, das zu stehlen sich lohnte? Tafelsilber vielleicht?«

»Nichts dergleichen.«

Holmes schlenderte ums Haus, die Hände in der Tasche und mit einer Gleichgültigkeit, wie ich sie selten bei ihm erlebt hatte.

»Wie war das noch?« fragte er Joseph Harrison. »Der Kerl ist irgendwo über den Zaun gestiegen? Vielleicht schauen wir uns die Stelle mal an.«

Tatsächlich waren von ein paar Staketen am Zaun zur Straße die Spitzen abgebrochen. Holmes untersuchte die Bruchstellen: »Das soll letzte Nacht passiert sein? Der Bruch sieht schon ziemlich alt aus. Meinen Sie nicht?«

»Schon möglich.«

100

»Und Spuren vom Runterspringen sind auch keine da. Das bringt alles nichts. Gehen wir lieber zurück ins Zimmer.«
Percy fiel das Laufen doch noch recht schwer, und er mußte sich auf den künftigen Schwager stützen. Holmes aber hatte es auf einmal sehr eilig – ich folgte ihm –, so daß wir lang vor den anderen wieder am Fenster des Krankenzimmers standen.
Holmes winkte Miß Harrison ans Fenster und sagte eindringlich: »Bleiben Sie unter allen Umständen den ganzen Tag im Zimmer. Sie dürfen es höchstens fünf Minuten verlassen. Das ist äußerst wichtig!«
»Gerne, Mr. Holmes, wenn Sie das wünschen!«
Sie war einigermaßen erstaunt.
»Wenn Sie dann schlafengehen, schließen Sie bitte ab und nehmen den Schlüssel mit. Versprechen Sie das?«
»Was ist mit Percy?«
»Den nehmen wir mit nach London.«
»Und ich soll hierbleiben?«
»Sie müssen, wenn Sie ihm helfen wollen. Aber kein Wort darüber. Also?«
Sie konnte nur noch zustimmend nicken, denn gerade kamen Percy und Joseph in Hörweite.
»Was bläst du hier Trübsal, Annie«, scherzte ihr Bruder. »Komm doch auch raus in die Sonne!«
»Lieber nicht, Joseph. Ich habe ein bißchen Kopfweh, und dann bekommt mir die Kühle des Zimmers besser als die heiße Sonne.«
»Wie geht's jetzt weiter?« fragte unser Klient.
»Wir sollten über dieser Episode nicht die Hauptsache aus dem Auge verlieren. Dazu möchte ich, daß Sie mit mir nach London kommen.«
»Jetzt gleich?«
»Nun, es muß nicht in dieser Minute sein. Wenn wir so in einer Stunde aufbrechen könnten?«
»Das läßt sich selbstverständlich machen. – Kann ich Ihnen denn in London irgendwie von Nutzen sein?«
»Ja, sehr!«
»Soll ich über Nacht bleiben?«
»Das wollte ich gerade vorschlagen.«

101

»Prima. Dann findet mein nächtlicher Besucher, falls er wieder-
kommt, den Vogel ausgeflogen und das Nest leer. – Vielleicht
sollte Joseph auch mitkommen? Er könnte sich ein bißchen um
mich kümmern.«
»Das wird kaum nötig sein. Mein Freund Watson ist ja Arzt. Sie
sind also bei ihm in den besten Händen.«
So ganz klar war mir nicht, was Holmes mit diesem Manöver be-
zweckte. Wollte er vielleicht nur Percy und seine Verlobte trennen?
Aber das war nicht die letzte Überraschung des Tages. Als Holmes uns nämlich ins Zugabteil verfrachtet hatte, erklärte er mit
einem Mal, er wolle doch in Woking bleiben.
»Ich muß da«, sagte er »noch ein paar Punkte nachprüfen. Sie,
Watson, bleiben bitte mit Mr. Phelps in der Baker Street, bis ich
dort aufkreuze. Langeweile werden Sie ja wohl kaum haben, Sie
können ja Schulerinnerungen auffrischen. Schlafen kann Mr.
Phelps in dem unbenützten Zimmer. Ich komme mit dem Zug,
der um 8.00 Uhr am Waterloo-Bahnhof ist, und frühstücke dann
mit Ihnen.«
»Und was ist mit unseren Nachforschungen in London?« Phelps
war ganz traurig.
»Die haben Zeit. Im Moment ist es wichtiger, daß ich hier blei-
be.«
»Bitte sagen Sie in Brierbrae Bescheid, daß ich wahrscheinlich
morgen abend zurückkomme«, meinte Phelps noch, während
der Zug schon anrollte.
»Ich glaube kaum, daß ich dort vorbeikomme«, rief Holmes uns
nach und winkte, solange wir ihn noch sehen konnten.
Phelps und ich zerbrachen uns die Fahrt über vergeblich den
Kopf, was Holmes veranlaßt hatte, seine Pläne so zu ändern.
»Wahrscheinlich will er sich um den Einbrecher kümmern, falls
es einer war«, meinte Phelps. »Ich jedenfalls glaube nicht, daß es
ein gewöhnlicher Dieb war.«
»Was dann?«
»Glaube mir, John, schwache Nerven hin oder her, ich bin das
Ziel einer politischen Verschwörung und man will mich aus mir
unerfindlichen Gründen umbringen. Das klingt weit hergeholt

und absurd, ich gebe es zu. Aber es ist die Realität. Warum sollte ein Dieb bewaffnet mit einem Messer in ein Schlafzimmer einsteigen wollen, wo es nichts zu holen gibt?«

»War es nicht vielleicht doch ein Einbruchswerkzeug?«

»Nein, nein! Das war ein Messer! Da bin ich ganz sicher. Ich habe es ganz deutlich gesehen!«

»Aber wer sollte es denn auf dich abgesehen haben?«

»Wenn ich das nur wüßte!«

»Nun, möglicherweise teilt Holmes deine Ansicht. Das würde auch sein Zurückbleiben in Woking verständlich machen. Und wenn er den Mann schnappen kann, der dich vergangene Nacht bedroht hat, dann dürfte er auch bald den Vertrag haben. Ich halte es nämlich für sehr unwahrscheinlich, daß du zwei Feinde hast, einen, der klaut, und einen, der dich umbringen will.«

»Ja, aber Holmes sagte doch, er ginge nicht nach Brierbrae.«

»Ach, weißt du«, entgegnete ich, »ich kenne Holmes jetzt schon so lange, und noch nie hat er etwas ohne guten Grund getan.« Und damit verließ unser Gespräch dieses Thema.

Der Tag gestaltete sich recht strapaziös für mich. Phelps, noch schwach von der kaum überstandenen Krankheit, war schlecht gelaunt und übernervös. Vergeblich versuchte ich, ihn abzulenken. Ob ich von Afghanistan erzählte oder von Indien, ob ich von sozialen Problemen sprach oder Patientengeschichten zum besten gab, immer wieder kam er auf den verschwundenen Vertrag zurück. Seine Gedanken drehten sich nur darum, was wohl Holmes täte und was wohl Lord Holdhurst unternehme und was der nächste Morgen wohl bringen werde. Und je weiter der Abend fortschritt, desto mehr steigerte er sich in seine Erregung hinein.

»Du hast blindes Zutrauen zu Holmes, nicht wahr?« fragte er mich.

»Ich habe erlebt, daß er außerordentlich schwierige Fälle gelöst hat.«

»Aber sicher war keiner so schwierig wie meiner.«

»Im Gegenteil. Bei einigen gab es noch viel weniger Spuren als in deinem Fall.«

»Aber Staatsinteressen waren sicher nicht betroffen.«

103

»Ich weiß nur, daß in drei Fälle immerhin regierende Königshäuser Europas verwickelt waren.«

»Du kennst doch Holmes, Watson. Für mich ist er völlig undurchschaubar. Sieht er eine Chance? Meinst du, er glaubt an einen Erfolg?«

»Davon hat er nichts gesagt.«

»Das ist ein schlechtes Zeichen.«

»Ganz im Gegenteil. Wenn etwas schiefgegangen ist, sagt er's. In eisernes Schweigen verfällt er immer dann, wenn er eine Spur verfolgt, sich aber noch nicht ganz sicher ist, ob es auch die richtige ist. Aber warum sollen wir uns verrückt machen? Das bringt uns auch nicht weiter. Laß uns lieber zu Bett gehen, damit wir morgen früh ausgeschlafen sind. Wer weiß, was uns da erwartet.«

Schließlich ließ sich Percy endlich dazu bringen, sein Zimmer aufzusuchen. Aber wer dann nicht schlafen konnte war ich. Ich war einfach zu aufgedreht. Ich wälzte tausend Theorien. Doch ohne Ergebnis. Warum war Holmes in Woking geblieben? Warum mußte Miß Harrison den ganzen Tag im Zimmer bleiben? Warum sollten die Leute in Brierbrae nicht wissen, daß er in der Nähe geblieben war? Fragen über Fragen und auf keine eine Antwort. Und darüber sank ich dann doch in einen tiefen, traumlosen Schlaf.

Als ich am nächsten Tag um 7.00 Uhr aufwachte, schaute ich gleich nach Percy Phelps. Er hatte kein Auge zugetan, wie er sagte, und sah entsprechend aus. Seine erste Frage war, ob Holmes schon hier sei.

»Er wird zur versprochenen Zeit da sein«, antwortete ich. »Aber keinen Moment früher oder später.«

Meine Voraussage traf ein. Kurz nach 8.00 Uhr hielt eine Kutsche vorm Haus, und heraus stieg Holmes. Er hatte, wie wir vom Fenster aus sehen konnten, die linke Hand verbunden. Sein Gesicht war blaß, und er blickte recht grimmig drein. Er trat ins Haus. Aber es dauerte ein Weilchen, bis er heraufkam.

»Sieht mir ganz so aus, als hätte er Pech gehabt«, meinte Phelps.

Leider mußte ich ihm recht geben. »Dann werden wir die Lösung des Rätsels wohl hier in der Stadt suchen müssen.«

Phelps seufzte: »Und dabei hatte ich alle Hoffnung auf diesen Moment gesetzt. Gestern war seine Hand doch noch nicht verbunden? Was mag bloß passiert sein?«

»Sie scheinen verletzt, Holmes?« sagte ich, als er ins Zimmer trat.

»Nur ein Kratzer – durch meine eigene Ungeschicklichkeit«, sagte er wegwerfend. »Guten Morgen übrigens. Also Ihr Fall, Mr. Phelps, ist wirklich einer der vertracktesten, die ich je zu lösen hatte.«

»Ich hab's schon befürchtet. Sie können das Verschwinden des Vertrages nicht aufklären.«

»Es war eine wertvolle Erfahrung für mich.«

»Jetzt erzählen Sie doch schon, was passiert ist«, unterbrach ich.

»Nach dem Frühstück, mein lieber Watson. Vergessen Sie nicht, daß ich heute schon einige Kilometer in der frischen Luft von Surrey hinter mir habe. Ist eine Antwort auf meine Anzeige wegen der Kutsche gekommen? Nein? Na ja, man kann nicht immer Erfolg haben.«

Der Frühstückstisch war schon gedeckt. Gerade als ich läuten wollte, erschien Mrs. Hudson mit Tee und Kaffee. Und ein paar Minuten später brachte sie noch zwei zugedeckte Schüsseln. Wir nahmen Platz. Holmes sehr eifrig, ich gelassen und der arme Phelps ganz langsam und bedrückt.

»Da hat sich Mrs. Hudson aber angestrengt«, sagte Holmes und hob den Deckel von einer Schüssel mit Huhn in Currysoße.

»Ihre Küche ist etwas eintönig, aber sie weiß doch, was zu einem guten Frühstück gehört. Was nehmen Sie, Watson?«

»Ei mit Schinken.«

»Und Sie, Mr. Phelps? Huhn oder Ei?«

»Danke, gar nichts, ich bringe nichts hinunter«, wehrte Phelps ab.

»Ach, kommen Sie. Ich empfehle Ihnen die Schüssel, die vor Ihnen steht.«

»Danke, ich möchte wirklich lieber nichts essen.«

»Nun«, sagte Holmes mit einem Augenzwinkern, »dann geben Sie mir bitte daraus.«

Phelps hob den Deckel hoch, schaute hinein und gab einen ganz komischen Laut von sich. Sein Gesicht wurde totenbleich. Dann

105

legte er den Deckel auf den Tisch, faßte mit zitternder Hand in die Schüssel und zog ein dickes großes, blau eingeschlagenes Bündel zusammengehefteter Blätter heraus. Er starrte darauf, als ob er seinen Augen nicht traute. Dann sprang er mit einem Jubelschrei auf und tanzte freudestrahlend, unverständliche Töne von sich gebend, durchs Zimmer. Schließlich sank er völlig erschöpft in einen Sessel.

»Ruhig, ruhig«, sagte Holmes und klopfte ihm auf die Schulter. »Ich hätte Sie nicht so überraschen sollen. Aber Watson wird Ihnen bestätigen, daß ich dramatische Effekte sehr liebe.«

Phelps sprang wieder auf, und Holmes konnte nur mit Mühe seiner Umarmung entgehen. Aber die Hand mußte er ihm überlassen. Phelps quetschte sie mit beiden Händen, als ob er ein Handtuch auswringen wollte.

»Danke, tausend Dank!« rief er dabei. »Sie haben meine Ehre gerettet.«

»Auch meine stand auf dem Spiel«, entgegnete Sherlock Holmes. »Ich kann es nämlich nicht vertragen zu versagen.«

»Ich möchte Sie ungern länger vom Frühstück abhalten. Und doch sterbe ich fast vor Neugierde zu hören, wo der Vertrag war und wer ihn gestohlen hat.«

Holmes goß sich eine Tasse Kaffee ein und widmete seine ganze Aufmerksamkeit den Eiern mit Schinken. Als er fertig war, zündete er seine Pfeife an und wanderte zu seinem Sessel.

»Ich will der Reihe nach erzählen«, meinte er, als die Pfeife richtig brannte. »Nachdem ich sie beide zum Zug gebracht hatte, wanderte ich gemütlich durch die wunderschöne Landschaft Surreys in die kleine reizende Stadt Ripley. Dort ging ich in ein Gasthaus und trank meinen Nachmittagstee. Als vorsorglicher Mann füllte ich außerdem meine Wasserflasche und versorgte mich mit Proviant. Gegen Abend brach ich nach Woking auf und war mit Dunkelwerden in der Straße vor Brierbrae. Ich wartete, bis ich ganz allein auf der Straße war, und kletterte dann über den Zaun.«

»Wieso? War denn das Tor nicht offen?« fragte Phelps.

»Doch. Aber ich habe in solchen Dingen meinen eigenen Kopf. Ich hatte mir die Stelle ausgesucht, wo die drei Fichten stehen.

106

Und in ihrem Schutz kam ich hinüber, ohne daß mich vom Haus her jemand sehen konnte. Im Schutz der Büsche kroch ich dann – meine Hosenknie bezeugen es – auf die andere Seite des Hauses bis zu der Rhododendrengruppe gegenüber von Ihrem Zimmer. Dort richtete ich mich häuslich ein und wartete der Dinge, die da kommen sollten.

Die Vorhänge Ihres Zimmers waren zurückgezogen. Miß Harrison saß am Tisch und las. Viertel nach zehn klappte sie ihr Buch zu und schloß die Fensterläden. Ich hörte die Tür zufallen und war sicher, daß sie, wie ich sie gebeten hatte, auch abgeschlossen hatte.«

»Warum in aller Welt sollte sie denn abschließen?« fragte Phelps.

»Ohne das wäre der Vertrag wohl jetzt wer weiß wo, nur nicht hier. – Die Nacht schritt voran. Schließlich erloschen die letzten Lichter im Haus. Es war recht warm. So hatte ich Mühe, wach zu bleiben. Viertelstunde um Viertelstunde schlug die Kirchturmuhr. Endlich, gegen 3.00 Uhr morgens hörte ich, wie sich ein Schlüssel im Schloß drehte und ein Riegel zurückgeschoben wurde. Dann ging die Tür auf und heraus in den Mondschein trat Joseph Harrison.«

»Joseph?« staunte Phelps.

»Er hatte einen schwarzen Mantel an, trug aber keinen Hut. So konnte ich ihn zweifelsfrei erkennen. Sich immer im Schatten haltend, schlich er zum Fenster Ihres Zimmers und begann an den Fensterläden herumzufummeln. Es knackte, und er öffnete ganz sacht die Läden. Dabei sah ich in seiner Hand ein Messer mit langer Klinge blitzen. Dann befaßte er sich mit dem Fenster. Zwei Minuten später war auch das offen, und er stieg über die Brüstung ins Zimmer. Einen Moment später flammte eine Kerze auf. Harrison kniete, ich konnte das von meinem Standpunkt aus sehr gut sehen, nieder und schlug in der Nähe der Tür den Teppich zurück. Er arbeitete an einem Dielenbrett, hob es an, faßte darunter und holte ein Bündel Papiere heraus. Dann paßte er das Brett wieder ein, breitete den Teppich darüber, löschte die Kerze und sprang aus dem Fenster, neben dem ich inzwischen Posten bezogen hatte, direkt in meine Arme.

Und nun mußte ich die Erfahrung machen, daß Ihr künftiger

107

Schwager gefährlicher war, als ich gedacht hatte. Er versuchte nämlich sofort, mir das Messer in den Leib zu rennen. Zweimal mußte ich kräftig zuschlagen, bis ich ihn am Boden hatte. Und dabei erwischte er mich mit dem Messer an der Hand. Ich nahm ihm den Vertrag ab, ließ ihn aber schließlich laufen. Natürlich habe ich gleich heute früh Forbes unterrichtet. So hat er die Chance, den Kerl doch noch zu fangen. Wenn es ihm nicht gelingt, was ich fast vermute – Harrison wird wohl kaum warten, bis ihn die Polizei holt –, ist das auch kein großer Schaden. Mir scheint, es ist für alle Beteiligten und besonders für die Regierung besser, wenn die Geschichte nicht auch noch durch eine öffentliche Verhandlung an die große Glocke kommt.«

»Mein Gott!« stöhnte unser Klient, »also lagen die Papiere die ganzen zehn Wochen während meiner Krankheit sozusagen unter meinen Füßen.«

»Richtig.«

»Und Joseph! Er ein gemeiner Dieb!«

»Allerdings. Hinter der Fassade des Lausbuben verbarg sich offensichtlich eine Menge Bosheit. Wir haben nach unserer handgreiflichen Auseinandersetzung noch ein paar Worte gewechselt. Dabei stellte sich heraus, daß er an der Börse spekuliert und hohe Schulden gemacht hatte. So griff er sofort zu, als er die Chance sah, durch den Verkauf des Vertrages wieder zu Geld zu kommen. Dabei scherte es ihn überhaupt nicht, daß er Ihren guten Namen und das Glück seiner Schwester zerstörte.«

Percy Phelps war erschüttert. »Mir brummt der Kopf«, sagte er. »Ich kann es einfach nicht fassen!«

»Das Schwierigste an Ihrem Fall« – Holmes fing, wie er das so liebt, an zu dozieren – »war die Überfülle von Spuren. So standen wir vor der Frage, die wichtigen von den unwichtigen zu trennen. Unter einem Wust von Fakten waren die wesentlichen herauszufinden und diese dann zu ordnen, um die Ereignisse mit einiger Wahrscheinlichkeit rekonstruieren zu können.

Schon als Sie erwähnten, daß Sie mit Harrison hätten nach Hause fahren wollen, bezog ich ihn in den Kreis der Verdächtigen mit ein. Was lag näher, als daß er ins Außenministerium gekommen war, um Sie abzuholen. Dann kam in der ersten Nacht, in

der die Nachtschwester nicht da war, der Einsteigeversuch in Ihr Zimmer. Hatte jemand dort etwas verborgen und nicht mehr rechtzeitig vor Ihrer Krankheit abholen können? Schließlich war seit dem Tag nach dem Diebstahl das Zimmer wochenlang Tag und Nacht belegt. Es mußte jemand sein, der sich im Haus auskannte und der Sie kannte. Es blieb nur Harrison übrig. Das Teuflische war, daß er den Vertrag in Ihrem Zimmer verbarg, denn wären die Papiere durch Zufall gefunden worden, hätte Ihnen niemand Ihre Unschuld geglaubt. Auf Harrison aber konnte nicht der Schatten eines Verdachtes fallen.« –
»Oh wie war ich blind!« stöhnte Percy.
»Der Diebstahl muß sich so abgespielt haben: Harrison kam mit der Kutsche zum Ministerium. Er ließ in der Charles Street halten und betrat das Gebäude durch den Hintereingang. Er ging hinauf in Ihr Büro, das Sie gerade einen Moment vorher verlassen hatten. Er klingelte, weil er vom Pförtner wissen wollte, ob Sie noch im Haus seien. Dabei entdeckte er die Papiere auf dem Schreibtisch. Ein schneller Blick zeigte ihm, daß ihm der Zufall ein wichtiges Staatsdokument vor die Nase gelegt hatte, das sich sicher versilbern ließ. Schnell entschlossen griff er zu und verschwand auf dem gleichen Wege, auf dem er gekommen war. Die Zeit reichte dazu gut aus, denn es vergingen ja einige Minuten, bis der Pförtner wieder wach und sie beide oben im Büro waren.
Harrison fuhr nach Woking, wobei ihm die Bahnfahrt genügend Zeit gab, sich vom unschätzbaren Wert des Dokuments zu überzeugen. Er konnte allerdings nicht ganz sicher sein, daß ihn nicht doch jemand beim Verlassen des Ministeriums gesehen hatte oder daß sich der Kutscher, der ihn hingefahren hatte, melden würde, sobald der Diebstahl bekannt wurde. Also verbarg er den Vertrag in Ihrem Zimmer, um ihn ein paar Tage später wieder zu holen. Bis dahin mußte sich herausgestellt haben, ob man ihn verdächtigte. Außerdem konnte er sich in der Zeit nach Abnehmern umsehen.
Dann aber brachte man Sie fiebernd nach Hause. Damit war der Schatz für ihn zunächst einmal unzugänglich. Er muß halb verrückt geworden sein. Das Mittel, mit dem er alle seine Geld-

schwierigkeiten beseitigen konnte, lag so nah, und er konnte nicht ran.

Bei der ersten sich bietenden Gelegenheit versuchte er, während Sie, wie er glauben mußte, schliefen und die Nachtschwester nicht mehr da war, einzusteigen und den Vertrag zu holen. Sie wachten aber auf, und er mußte die Flucht antreten. Sie hatten sicher an jenem Abend vergessen Ihren Schlaftrunk zu nehmen?«

»Tatsächlich, jetzt erinnere ich mich.«

»Das war Ihr Glück. Mir war klar, daß er den Versuch, ans Dokument zu gelangen, so bald wie möglich wiederholen würde. So sorgte ich für die Gelegenheit. Ich schickte Sie nach London, während Miß Harrison tagsüber, ohne daß Sie es wußte, den Vertrag bewachte. Doch am Abend verließ sie das Zimmer, und die Bahn war für Joseph frei.

Ich wußte, daß der Vertrag im Zimmer sein mußte. Aber ich hatte keine Lust, stundenlang danach zu suchen. So ließ ich ihn die Arbeit für mich tun. Damit war der Fall ausgestanden.«

»Warum«, fragte ich, »ist er beim ersten Mal nicht einfach durch die Tür ins Zimmer von Percy marschiert?«

»Vielleicht fürchtete er, jemandem zu begegnen. An dem Flur liegen ja schließlich noch mehr Schlafzimmer.«

»Interessieren würde mich«, meinte Percy Phelps nachdenklich, »ob er mich tatsächlich umbringen wollte?«

»Schwer zu sagen!« Holmes zuckte die Achseln. »Ich jedenfalls möchte unter keinen Umständen auf die Gnade eines Joseph Harrison angewiesen sein!«

Das Familienritual

Ich habe oft erlebt«, sagte Sherlock Holmes – wir hatten einige seiner Fälle diskutiert –, »daß sich hinter scheinbar Belanglosem und Unverständlichem ein tieferer Sinn verbirgt. Ihn aufzuspüren bedarf es allerdings stets eines scharfen Verstandes, schärfer als man ihn, auch das beweisen meine Erfahrungen, gemeinhin verbreitet findet. Noch nicht einmal in den sogenannten besseren Kreisen, die alle Bildung für sich in Anspruch nehmen, ist er anzutreffen.«

Aus diesen Worten sprach zweifellos eine gewisse Eitelkeit. Sherlock Holmes nahm für sich in Anspruch, intelligenter zu sein als die Mehrzahl seiner Mitmenschen. Doch wird man ihm diesen allzu menschlichen Zug sicher verzeihen, bedenkt man, welche Erfolge er in den wenigen Jahren, die er sich der Bekämpfung des Verbrechens widmete, hatte einheimsen können. Ich erinnere nur an den Fall Baskerville, dessen Aufklärung sicher eine seiner glänzendsten Leistungen war. Übrigens hatte er schon immer eine gewisse Abneigung gegen das Bildungsbürgertum und speziell den Adel gezeigt. Vielleicht, weil er sich alles, was er war, hatte hart erarbeiten müssen.

»Ein Beispiel in Adelskreisen«, fuhr er fort, »erlebte ich am Anfang meiner Laufbahn. Warten Sie . . .«

Er kramte ein Weilchen in seinem Schrank mit den zahllosen Schubladen und nahm dann aus einer ein Holzkästchen heraus. Er öffnete es und schüttete den Inhalt auf den Tisch: einen zugespitzten Holzpflock, um den eine Schnur mit vielen Knoten gewickelt war, einen altertümlichen Schlüssel, drei total mit Grün-

111

span überzogene Scheibchen und ein abgegriffenes, stark vergilbtes, ausgefranstes Pergament. Es drohte an den Stellen, wo es gefaltet war, auseinanderzufallen.

»Ich habe diesen Fall unter ›Musgrave-Schwur‹ abgelegt. Er ereignete sich nämlich in dieser bekannten hochadeligen Familie. Und dazu gekommen bin ich ähnlich wie im Fall Trevor durch mein Studium. Allerdings nicht direkt und auch erst einige Zeit später, das heißt nachdem ich das College verlassen hatte.

Vater Trevors Bemerkung, ich eignete mich zum Detektiv, wirkte, wie ich bereits bemerkt habe, weiter. Nach Abschluß meiner Studien ging ich nach London. Ich mietete in der Montague Street, unweit des Britischen Museums, eine kleine Wohnung, richtete ein Zimmer als Büro ein und wartete auf Klienten. Aber sie ließen auf sich warten. Ich hatte viel Zeit. Gelegentlich kam ein flüchtiger Bekannter oder einer seiner Freunde mit einem kleinen Problem. Nichts befand sich darunter, was der Rede wert gewesen wäre. Bis Musgrave auftauchte.

Ihn kannte ich flüchtig, weil er zur gleichen Zeit wie ich auf dem College gewesen war. Bei den Mitstudenten galt dieser Sproß einer der ältesten Familien Englands als hochnäsig. Und zu diesem Urteil trug wohl nicht wenig sein aristokratisches Aussehen bei: schmale Nase, große, wäßrig blaue Augen, das Gesicht lang und vornehm blaß. Dazu bewegte er sich auch noch lässig-träg und bewies stets untadeliges Benehmen. Vielleicht ist doch etwas dran, wenn man seine Familie bis ins 16. Jahrhundert zurückverfolgen kann und ihre männlichen Mitglieder stets verantwortliche Posten in Regierung oder Verwaltung bekleidet haben. Andererseits bin ich ziemlich überzeugt, daß Musgrave im Grunde nur ein äußerst schüchterner Mensch war. Schüchternheit wird ja leider allzuoft mit Hochnäsigkeit verwechselt.

Als er an diesem Juniabend zu mir kam, hatte er sich gar nicht verändert. Die letzten Jahre schienen spurlos an ihm vorbeigegangen zu sein. Ich fragte ihn, was er so triebe, und er erzählte mir, daß er sich, seit sein Vater vor zwei Jahren gestorben war, um das Familiengut in Hurlstone kümmerte. Außerdem war er inzwischen Unterhausabgeordneter. So konnte er, wie er lächelnd bemerkte, ›über Langeweile nicht klagen‹.

112

›Was machen Sie denn, Holmes?‹ fragte er mich schließlich.
›Sind Sie immer noch der große Rätselrater?‹
›Ja‹, antwortete ich. ›Ich habe sogar das Rätselraten zum Beruf
gemacht, ich habe ein Detektivbüro eröffnet.‹
›Aber das ist ja großartig‹, rief er. ›Dann sind Sie genau der richtige Mann für mich. Allerdings – haben Sie überhaupt Zeit?‹
›Mehr als mir im Moment lieb ist‹, entgegnete ich. ›Haben Sie
denn Probleme?‹
›Na ja, Probleme ist vielleicht etwas zu viel gesagt. Allerdings
wären mir Ihr Rat und Ihre Hilfe bei der Aufklärung einiger rätselhafter Vorkommnisse auf Hurlstone sehr willkommen.‹
Ich weiß nicht, Watson, ob Sie sich vorstellen können, wie sehr
mir das Herz klopfte, bei der Aussicht, einen Fall übertragen zu
bekommen, der in Kreisen des Hochadels spielte. Denn konnte
ich ihn lösen – ich war sehr sicher, daß ich das konnte –, würde
mich Musgrave gewiß weiterempfehlen. Ich würde endlich imstande sein, mich mit meinem Beruf durchzubringen. So sagte ich
mit einiger Begeisterung:
›Nichts lieber als das. Worum geht es denn? Erzählen Sie! –
Halt, ich mache uns erst einen Tee.‹
Als dann die dampfenden Tassen vor uns standen, begann er:
›Gutes Personal ist heutzutage kaum zu bekommen. Und wenn
dann noch ein weitläufiger alter Bau wie Hurlstone in Ordnung
gehalten werden soll, weiß man sich um so glücklicher zu schät-
zen, wenn man einen tüchtigen Butler hat. Ich muß Brunton
wirklich als Perle bezeichnen. Ursprünglich Lehrer, kam er vor
20 Jahren in unser Schloß. Sehr schnell hatte er sich zum Butler
hochgearbeitet, eine Stellung, die ihm offensichtlich sehr behagte. Dabei hätte er es weiterbringen können, schließlich spricht er
mehrere Sprachen fließend, ist sehr gebildet und beherrscht zwei
oder drei Musikinstrumente. Vielleicht gefiel ihm auch, Hahn im
Korb zu sein. Unter dem Dienstpersonal auf dem Schloß über-
wiegen stets die Frauen. Alle Frauen aber himmeln Brunton an.
Er scheint in ihren Augen wohl sehr attraktiv, manche behaupten
sogar schön. Mir allerdings ist völlig unverständlich, wie er eine
solche, ich möchte fast sagen unheimliche Wirkung auf Frauen
ausüben kann.

Solange Bruntons Frau lebte, spielte das keine große Rolle. Sie verstand es, ihren Don Juan stets rechtzeitig zu bremsen, wenn er einem Mädchen zu tief in die Augen schaute. Leider starb sie vor einigen Monaten. Und seitdem herrscht ein ständiger Kleinkrieg unter dem weiblichen Personal, vor allem, soweit es jüngere Semester sind, weil alle um die Gunst Bruntons buhlen und jede auf die andere eifersüchtig ist.

Vor einiger Zeit hoffte ich schon, es werde wieder Frieden geben, denn Brunton verlobte sich mit Rahel Howells, dem zweiten Hausmädchen. Aber nach kaum 14 Tagen war's damit schon wieder vorbei. Brunton hatte sich in Janet Tregellis, die Tochter meines Försters, vergafft und prompt die Verlobung gelöst. Nun ist aber Rahel Howells Waliserin und keine von der sanften Sorte. Erst flogen die Fetzen, dann bekam sie einen Weinkrampf und seitdem wußte man nicht, wartet sie auf eine günstige Gelegenheit, um ihm an die Kehle zu fahren oder die Augen auszukratzen oder wird sie ihm im nächsten Moment um den Hals fallen.

Brunton zeigte sich darob wenig bekümmert und ging seinen Obliegenheiten mit der gewohnten Pünktlichkeit und Zuverlässigkeit nach. Daß er noch mehr als das tat, und zwar Dinge, die keineswegs in meinem Sinne sein konnten, hätte ich nie für möglich gehalten – bis zum Donnerstag vergangener Woche. Ich hatte dummerweise spät am Abend noch eine Tasse ganz starken Kaffee getrunken und nicht den gewohnten Tee. Prompt konnte ich nicht einschlafen und wälzte mich im Bett von einer Seite auf die andere. Schließlich wurde mir die Sache zu dumm. Ich stand auf, um mir Kiplings Dschungelbuch zu holen, das ich gerade las. Leider aber hatte ich das Buch im Billardzimmer liegengelassen, was bedeutete, daß ich erst die Treppe hinunter und dann über den Flur in den anderen Flügel des Hauses mußte. Na ja, das war immer noch erträglicher als Schäfchen zählen und doch nicht einschlafen können.

Ich schlüpfte also in den Morgenrock und zog los. Als ich unten im Flur war, sah ich, daß in der Bibliothek, deren Tür einen Spalt offenstand, Licht brannte. Hatte ich es brennen lassen? Wer aber beschreibt mein Erstaunen, als ich die Tür ganz öffnete. Saß da

114

doch mein Butler gemütlich im bequemsten Lehnsessel, schmauchte sein Pfeifchen, wahrscheinlich gestopft mit meinem Tabak, hatte die Füße auf das Rauchtischchen gelegt und studierte eine Art Kartenskizze auf seinen Knien. Auf dem Schreibtisch lagen einige Papiere, die linke oberste Schublade stand offen.

Stellen Sie sich vor, Holmes, der Kerl war noch nicht einmal übermäßig erschrocken! Zwar sprang er auf und steckte das Papier in die Brusttasche seines Jacketts. Aber statt einer Entschuldigung sagte er nur ›guten Abend, Sir!‹ Bei dieser Frechheit platzte mir der Kragen und ich sagte ganz kurz und kühl: ›Brunton, Sie können gehen, Sie sind entlassen!‹ Seine Antwort: ›Sehr wohl, Sir. Gute Nacht, Sir!‹

Was er im Schreibtisch gesucht hatte, weiß ich heute noch nicht, denn was auf der Platte lag, das waren der Familienstammbaum und obendrauf das Ritual.‹

›Was ist das?‹ fragte ich.

›Ach, das ist ein altes Dokument mit einem unverständlichen Text. Traditionsgemäß bekommt es der älteste Sohn überreicht, wenn er volljährig wird, und er muß sich feierlich verpflichten, es seinerseits seinem ältesten Sohn weiterzugeben.‹

›Hm, klingt interessant. Aber erzählen Sie erst einmal weiter, Sir Basil.‹

›Am nächsten Tag kam Brunton und bat mich, die fristlose Kündigung zurückzunehmen. Er verwies auf seine bisherigen Verdienste und seine untadelige Führung. Ich möchte ihm doch bitte nicht die Zukunft ganz verbauen, indem ich ihm fristlos kündigte. Er würde selbstverständlich gehen, aber es sollte doch so aussehen, als habe er von sich aus gekündigt.

Nun ja, ich ließ mich breitschlagen. Allerdings, mehr als eine Woche gab ich ihm nicht, obwohl er sich auf 4 Wochen versteifte. Ich meine, ein bißchen Strafe mußte schon sein. Man kann sich ja schließlich nicht alles gefallen lassen.

Die nächsten Tage lief alles wie gewohnt. Brunton tat so, als sei nichts vorgefallen. Und dann war er plötzlich verschwunden. Am vergangenen Mittwoch war's, daß er nicht wie gewöhnlich nach dem Frühstück erschien, um meine Anweisungen für den Tag

115

entgegenzunehmen. Ich ging nach ihm schauen. Dabei lief mir Rahel Howells über den Weg. Sie sah fürchterlich aus. Ganz grau im Gesicht, zitterte sie, als ob sie jeden Moment zusammenbrechen wollte. Ich schickte sie zu Bett, sagte ihr aber, sie sollte vorher noch Brunton bitten, daß er den Doktor bestelle. Darauf antwortete sie: ›Der ist weg!‹

›Wer ist weg?‹ fragte ich.

›Brunton ist weg, den sieht niemand wieder.‹

Sie sagte das ganz eintönig, ohne die Stimme zu heben oder zu senken und hielt den Kopf ganz seltsam starr. Mit einem Mal fing sie wieder an zu zittern, und dann lachte sie hysterisch. Und schließlich ging das Lachen unvermittelt in ein heftiges Weinen über. Es blieb mir nichts anderes übrig, als zwei der anderen Mädchen herbeizuläuten und Rahel in ihr Zimmer bringen zu lassen.

Brunton aber ließ ich im Haus und auf dem ganzen Grundstück suchen. Er war und blieb verschwunden. Niemand hatte ihn seit vergangenem Abend gesehen. Das Bett in seinem Zimmer war unberührt, nichts von seinen Sachen fehlte. Nur einer von den schwarzen Anzügen, die er im Dienst zu tragen pflegte, und seine Pantoffel. Man versicherte mir, er könne das Haus nicht verlassen haben, denn am Morgen seien alle Fenster ordnungsgemäß verschlossen gewesen, ebenso wie die Haustür, in der innen der Schlüssel steckte.‹

Ganz verzweifelt meinte der junge Musgrave: ›Er kann sich doch nicht in Luft aufgelöst haben, Holmes!‹

›Das bestimmt nicht‹, entgegnete ich. ›Es muß eine logische Erklärung für sein Verschwinden geben.‹

›Aber es kommt noch besser‹, fuhr Musgrave fort. ›Zwei Tage später war auch Rahel Howells verschwunden, obwohl sie mit einem schweren Nervenfieber im Bett lag. Wir hatten sogar eine Pflegerin kommen lassen müssen, die nachts bei ihr blieb. Leider war sie gegen Morgen eingenickt und als sie aufwachte, war ihre Patientin fort.

Wir folgten Rahels Spuren bis zum Teich, wo sie endeten. Hatte sie sich das Leben genommen? Das Wasser ist immerhin bis zu 2 m tief. Ich ließ sofort lange Stangen holen und Stück für Stück des Teiches vom Ufer her und vom Boot aus durchkämmen. Aber außer Gerümpel und einem alten Lederbeutel mit allerlei Krimskrams fischten wir nichts heraus.

Natürlich habe ich die Polizei eingeschaltet. Aber alle Nachforschungen und Verhöre haben kein Licht in das Dunkel, das das Verschwinden der beiden umgibt, bringen können. So sind Sie, Holmes, meine letzte Hoffnung.‹

Sie kennen mich ja inzwischen sehr gut, Watson. Aber trotzdem werden Sie sich meine Gefühle von damals kaum vorstellen können. Nach außen gab ich mich ganz kühl. Aber innerlich bebte ich vor Jagdeifer. Endlich ein Fall, der mich forderte, bei dem ich zeigen konnte, welche Fähigkeiten in mir steckten. Und ich wußte, daß ich den Fall lösen würde, mochte er sich auch noch so rätselhaft darstellen.

›Mir scheint‹, antwortete ich, ›ein wesentlicher Punkt der Geschichte sind die Papiere, die Brunton aus dem Schreibtisch geholt hatte. Sie haben sie nicht zufällig dabei?‹

›Doch, eins davon. Wir Kinder nannten den Text immer etwas abfällig das Familienritual. Wir mußten ihn nämlich alle auswendig lernen und bei passenden Gelegenheiten aufsagen.‹

Er reichte mir dieses alte, wie man sieht schon sehr abgegriffene und mit allerlei Flecken »verzierte« Pergament. Darauf steht – hier, Watson, lesen Sie mit. Ich kann's auswendig:

Wessen war sie?
Dessen, der ging.
Wessen wird sie sein?
Dessen, der kommt.
Welches war der Monat?
Der sechste ab dem ersten.
Wo stand die Sonne?
Über der Eiche.
Wo fiel der Schatten?
Unter die Ulme.
Wie wurde geschritten?
Zehn bei zehn Septentrio zu, fünf bei fünf gen Oriens, zwei bei zwei gen Meridies, eins bei eins gen Occidens, zum Hades letzt.

Sind wir bereit, dafür zu geben?
Leib und Gut.
Warum geben wir?
Weil uns anvertraut ward.

Also, unter uns, Watson. Als ich das das erste Mal las, dachte ich
mir, unser Adel – unbestritten seien seine Verdienste – pflegt
doch manchmal recht seltsame Bräuche. Wer sonst zwingt seine
Kinder, einen Text auswendig zu lernen und immer wieder auf-
zusagen, mit dem er gar nichts anfangen kann, der völlig sinn-
entleert zu sein scheint. Da kann auch nicht als Entschuldigung
dienen, daß die Zeilen irgendwann einmal eine Bedeutung gehabt haben mußten.
›Ich schätze, daß das aus der Mitte des 17. Jahrhunderts stammt‹,
sagte ich zu Musgrave.
›Ja, das kommt hin‹, erwiderte er. ›Zumindest, wenn man der
Überlieferung glauben darf. Aber das bringt uns auch nicht weiter. Ich sehe überhaupt keinen Zusammenhang zwischen dem Ritual und dem Verschwinden zweier meiner Bediensteter.‹
›Da wäre ich nicht so sicher. Warum hat denn Brunton gerade
Familienstammbaum und Ritual aus dem Schreibtisch geholt? Ich
könnte mir vorstellen, daß er den verborgenen Sinn im Ritual
entdeckte. Ich glaube sogar zu ahnen, was hier gesagt wird.
Doch ob ich recht habe, kann ich nur an Ort und Stelle überprüfen.‹
›Das läßt sich leicht machen, Holmes. Kommen Sie doch einfach
gleich mit.‹
Viel zu packen hatte ich nicht, und so waren wir schon eine halbe Stunde später unterwegs nach Hurlstone, das wir in der Mitte
des Nachmittags erreichten. Das Schloß hat einen L-förmigen
Grundriß. Der ältere Teil bildet seinen nach Norden weisenden
kurzen Balken, der modernere, Anfang unseres Jahrhunderts an-
gebaut, den langen. Er ist mit der Längsachse ostwestorientiert.
Über dem Portal des alten Baues findet sich die Jahreszahl 1607
eingemeißelt. Dem Baustil nach dürfte er aber, wie die Fachleute
übereinstimmend sagen, etliche Jahrzehnte älter sein. Verständ-
licherweise benutzt man heute nur noch den neuen Flügel. Der

alte dient als Speicher und Vorratskeller. Den ganzen Komplex umgab ein prachtvoller, sehr gepflegter Park mit saftig grünem Rasen, herrlichen alten Bäumen und besagtem Weiher, der knapp 200 m vom Schloß entfernt lag.

Ich hatte mir während der Fahrt noch einmal alles durch den Kopf gehen lassen und war dabei immer wieder zu dem Schluß gekommen, daß der Angelpunkt der Geschichte das Ritual sein mußte. Wenn es mir gelang, seine verborgene Bedeutung zu enträtseln, mußten sich auch Hinweise auf Bruntons Verbleib gewinnen lassen. Nicht umsonst hatte er sich angelegentlich mit dem Ritual beschäftigt und dafür sogar seine Entlassung riskiert. Und weiter war klar, daß Brunton mit dem Verschwinden des Mädchens zu tun haben mußte. Musgraves Schilderung hatte erkennen lassen, daß sie den Butler wohl immer noch liebte. Auch gab mir zu denken, daß und wie sie vor Ausbruch der Krankheit von ihm gesprochen hatte.

Wie nun das Ritual enträtseln? Nahm man es wörtlich – und warum sollte man das nicht? –, dann enthielt es eine Zeitangabe: ›der sechste Monat ab dem ersten‹. Das wäre Juni, genau der Monat, in dem wir uns gerade befanden. Als weitere Zeitangabe war der Sonnenstand ›über der Eiche‹ genannt. Mit ›Eiche‹ und ›Ulme‹ folgten Ortsangaben. Auch den Schatten mochte man dazurechnen. Und schließlich gab es noch Entfernungs- und Richtungshinweise. ›Zehn bei zehn‹ war ganz klar eine Entfernung, die man zurückzulegen hatte, und ›Septentrio‹, ›Oriens‹, ›Occidens‹ und ›Meridies‹ entsprechen unseren heutigen Himmelsrichtungen Norden, Osten, Westen und Süden.

Jetzt mußte ich nur noch eine passende Eiche und eine Ulme haben. Nun waren wir an einer sehr alten Eiche vorübergekommen, einer wie es schien Eichenururururgroßmutter. Als ich Musgrave nach ihrem Alter fragte, meinte er:

›Die stand sicher schon hier, als Wilhelm der Eroberer* nach England kam. Man wird in der ganzen Grafschaft nicht leicht einen zweiten Baum mit rund 7 m Stammumfang finden.‹

---

*Wilhelm der Eroberer, Herzog der Normandie, eroberte England, das er von 1066 bis zu seinem Tode 1087 als König regierte.

119

›Dann könnte das also durchaus die Eiche sein, von der im Ritual die Rede ist?‹

›Durchaus. Wir haben zwar noch mehr uralte Bäume im Park, aber es sind fast alles Buchen.‹

›Keine Ulmen?‹

›Doch, ein paar.‹

›So alt wie die Eiche?‹

›Keineswegs, viel jünger.‹

›Schade, denn nach dem Ritual müßte in der Nähe der Eiche eine Ulme stehen!‹

›Bis vor 10 Jahren stand da auch eine, ziemlich alt und morsch. Aber sie trieb jedes Frühjahr tapfer neue Blätter. So mochte keiner Hand an sie legen. Doch dann schlug während eines schweren Gewitters der Blitz in den Baum, und damit war's mit ihm vorbei. Die Reste wanderten in den Kamin.‹

›Könnten Sie mir zeigen, wo die Ulme stand?‹

›Gern, kommen Sie.‹

Während wir dorthin gingen, sagte ich zu Musgrave:

›Schade, daß man nicht mehr feststellen kann, wie hoch sie war.‹

Wir hatten inzwischen die Stelle erreicht, wo einst die Ulme stand. Sie lag halbwegs zwischen Eiche und Haus.

›Wozu?‹ antwortete Musgrave. ›Die Ulme hier war genau 19,20 m hoch.‹

Ich staunte: ›Wie bitte? Woher wollen Sie denn das so genau wissen?‹

›Ach, einer meiner Hauslehrer liebte solche Aufgaben. Noch heute kenne ich die Höhe jedes Gebäudes, Schornsteins und Baumes auf dem Grundstück. – Komisch, jetzt, wo Sie mich danach fragen, fällt mir ein, daß sich Brunton unlängst ebenfalls für die Ulme interessierte. Er rief mich als Schiedsrichter an, weil er sich mit dem Stallknecht nicht über die Größe des Baumes hatte einigen können.‹

Jetzt wußte ich, Watson, daß ich auf dem richtigen Weg war. Mein nächster Blick galt der Sonne. Sie stand schon ziemlich tief. Noch eine knappe Stunde schätzte ich, dann würde sie die obersten Zweige der Eiche berühren. Und damit wäre eine Bedingung des Rituals erfüllt.«

»Aber woher haben Sie den Schatten eines nicht mehr existierenden Baumes gekriegt?« wandte ich ein.

»Das hat mir ehrlich gestanden zunächst auch etwas Kopfzerbrechen gemacht, Watson. Aber dann dachte ich mir, wenn Brunton das herausgefunden haben sollte, dann müßte doch auch ich es schaffen. Und die Aufgabe war im Grunde auch ganz einfach. Ich besorgte mir vom Gärtner die Gartenschnur und ließ mir von Musgrave eine Angelrute geben. In die Gartenschnur machte ich in Abständen von 1 m Knoten, und die Rute steckte ich dort in den Boden, wo die Ulme gestanden hatte. Dann, als die Sonne den Wipfel der Eiche berührte, maß ich den Schatten der Rute. Er war genau 2,70 m lang. Und die Länge der Rute ohne den in der Erde steckenden Teil betrug genau 1,80 m.

Damit war leicht auszurechnen, wie lang der Schatten der Ulme gewesen wäre, nämlich 28,80 m. Es ist eine ganz einfache Dreisatzaufgabe: Wenn eine 1,80 m lange Rute einen 2,70 m langen Schatten wirft, wie lang ist dann der Schatten, den eine 19,20 m hohe Ulme wirft?

Ich nahm also meine Schnur mit den Knoten und ›verlängerte‹ den Angelrutenschatten auf knapp 29 m. Damit stand ich unmittelbar vor der Westwand des alten Flügels des Schlosses. Und siehe da, da war auch ein halbverschüttetes Loch, hinterlassen von einem Pflock. Das mußte Bruntons Markierung sein.

Laut Ritual war von hier aus ein bestimmter Weg zurückzulegen, unter Beachtung der Himmelsrichtungen. Die sinkende Sonne wies sie mir, ich brauchte dazu noch nicht einmal meinen Taschenkompaß. Ich machte also 20 Schritte nach Norden, 10 nach Osten, 4 nach Süden und 2 nach Westen. Was glauben Sie, wo ich dann stand, Watson? Genau im Flur des alten Flügels. Die Anweisungen des Rituals hatten mich um das Gebäude geführt. Aber da war nichts, aber auch gar nichts zu sehen, was ein Weitersuchen gelohnt hätte. Links und rechts die Wände waren so fest gefügt, wie der mit ausgetretenen Steinplatten gepflasterte Boden. Ich kniete mich hin. Kein Riß, keine Spalte. Nichts verriet, daß vielleicht eine Platte anzuheben war. Ich klopfte auf den Boden. Nein, kein Hohlraum dicht darunter. Ich mußte mich geirrt haben.

121

Inzwischen war Musgrave, der zunächst amüsiert meine Bemühungen verfolgt hatte, vom Jagdeifer gepackt worden. Er nahm das Ritual und rechnete nach.

›Holmes‹, rief er. ›Es geht doch noch weiter! Sie haben das ›zum Hades letzt‹ vergessen!‹

›Aber natürlich! Hades ist die Unterwelt, meint also sicher ein unterirdisches Gewölbe. Und ich hatte ein Loch, ein Versteck im Boden erwartet. Gibt es hier vielleicht einen Keller? Ach, ich sehe schon, dort hinten in der Ecke geht's hinunter!‹

Wir zündeten die bereitstehende Laterne an und stiegen eine enge Wendeltreppe hinab in einen großen Keller, dessen mächtiges Tonnengewölbe auf kräftigen Pfeilern ruhte. Wir waren am richtigen Fleck. Jemand mußte erst kürzlich die Mitte des Raumes vom Gerümpel freigeräumt haben. Ja, da lag auch ein Tuch am Boden. Ich bückte mich, wollte es aufheben. Doch es ging nicht, denn das Tuch war an einen schweren, in eine große Steinplatte eingelassenen Eisenring geknüpft.

›Das ist ja Bruntons Halstuch!‹ rief Musgrave. ›Wie kommt das hierher?‹

›Ich denke, wir werden es gleich erfahren, wenn wir schauen, was unter der Steinplatte ist‹, antwortete ich. ›Aber dazu brauchen wir wohl etwas Hilfe.‹

Musgrave holte den Stallknecht und dann hoben wir die schwere Platte mit vereinten Kräften etwas an, schoben eine dicke Holzstange darunter und konnten den Stein dann beiseite zerren. Ich nahm die Laterne und leuchtete in die Öffnung hinunter. In dem etwa 1,20 m mal 1,20 m großen und knapp 2 m hohen Loch saß, an die Wand gelehnt, eine schwarzgekleidete Gestalt.

›Aber das ist ja Brunton!‹ rief Musgrave.

Wir blickten in ein angstvoll verzerrtes Gesicht mit gebrochenen Augen. Die Hände lagen zu beiden Seiten des Körpers auf dem Boden, die Handflächen nach oben gekehrt. Ich schaute schärfer hin: Die Fingerspitzen waren blutig. Neben dem Toten stand eine eisenbeschlagene Holztruhe. Im altertümlichen Schloß stak ein schwerer Schlüssel. Der Deckel stand offen.

Wir hoben Brunton herauf, ich nahm eine flüchtige Untersuchung vor. Doch ich konnte keinerlei Verletzung an ihm feststel-

122

len. Der Gesichtsausdruck ließ vermuten, daß er qualvoll erstickt sein mußte.

Dann nahm ich eine zweite Laterne und stieg hinunter ins Loch. In den Ecken lag eine dünne Staubschicht, sonst nichts. Auch die Truhe, wurmstichig und die Beschläge von Rost zerfressen, enthielt so gut wie nichts. Ich fand nur am Truhenboden ein paar grünspanbedeckte runde Scheibchen, Münzen, wie ich vermutete, obwohl auf den ersten flüchtigen Blick weder Schrift noch Bild zu erkennen waren. Und noch etwas enthielt die Truhe, was mir zunächst viel Kopfzerbrechen bereitete: zwei etwa 50 cm lange Holzscheite, wie man sie fürs Kaminfeuer braucht. Solche Scheite waren in größerer Menge oben im Keller gestapelt. Wie aber waren diese beiden in die Truhe gekommen?

In diesem Moment, Watson, war ich ziemlich enttäuscht. Das Ritual hatte ich enträtselt. Mindestens so weit, daß ich den Ort gefunden hatte, um den es darin ging. Nun, das hatte auch Brunton. Er mußte wirklich ein überaus intelligenter Mann gewesen sein. Aber warum war er in dem Loch geblieben? Und hatte die Truhe wirklich nicht mehr enthalten? Wenn doch, wo waren dann die Sachen geblieben? Sie konnten sich doch nicht in Luft aufgelöst haben?

Halt! Waren nicht zwei Mann nötig gewesen, um den Steindeckel anzuheben und beiseite zu schieben? Natürlich! Auch der Butler war ganz sicher nicht in der Lage gewesen, das Versteck allein zu öffnen: Er mußte Hilfe gehabt haben. Hatte er in der Nacht seines Verschwindens heimlich jemand ins Haus geholt? Nein, das schien unwahrscheinlich. Auch waren am Morgen alle Fenster und Türen ordnungsgemäß verschlossen gewesen.

Und wenn der Helfer aus dem Haus selbst gekommen war? Wer könnte das dann gewesen sein? War in letzter Zeit jemand vom Personal in irgendeiner Form aufgefallen? Nur Rahel Howells. Sie und der Butler waren allerdings nach der gelösten Verlobung nicht gerade Freunde gewesen. Aber andererseits mochte Brunton das Mädchen doch wieder herumgekriegt und für seine Pläne eingespannt haben. Wer weiß, was er ihr alles versprochen hatte. Er konnte das um so leichter, als er – und nur er – wußte, daß er in wenigen Tagen das Schloß für immer verlassen würde.

123

Deswegen hatte er ja auch schnellstens handeln müssen, weil er sonst keine Gelegenheit mehr gehabt haben würde.

Ja, Rahel Howells mußte in die Geschichte verwickelt sein. Was hatte sie noch gesagt, als Musgrave sie nach Brunton fragte? – ›Brunton ist weg, den sieht niemand wieder.‹ Natürlich! Sie hatte gewußt, daß Brunton in dem Versteck umkommen mußte. Sie also war seine Gehilfin gewesen.

Und jetzt konnte ich mir auch lebhaft vorstellen, was geschehen war in jener Nacht. Mit vereinten Kräften hatten die beiden den Steindeckel angehoben. Damit er offenblieb, hatten sie zwei Scheite Kaminholz unter den schräg gestellten Deckel geklemmt. Dann kroch Brunton ins Versteck, während sie oben im Keller wartete. Was auch immer die Truhe enthielt, Brunton reichte es herauf. Und dann stieß sie ein Scheit mit dem Fuß ins Loch. Das andere folgte, der Deckel fiel zu, Brunton war gefangen, ohne irgendeine Aussicht, sich selber zu befreien. Und zu seinem Unglück schloß der Deckel so gut, daß er bald erstickt sein mußte. – Ein gräßlicher Tod, eingesperrt in einem engen Raum, rings umgeben von Stein, vergeblich schreiend und gegen die gefühllose Steinplatte hämmernd, schon bald nach Atem ringend, aber immer noch mit den Fingern an Ritzen kratzend.

Warum Rahel Howells so handelte? Vielleicht erinnerte sie sich an seine Treulosigkeit. Vielleicht auch war er so unvorsichtig, ihr im Überschwang über die erfolgreiche Schatzsuche zu sagen, sie sollte sich zum Teufel scheren. Wer weiß das schon? Jedenfalls hatte Rahel Howells ganz bestimmt nicht kaltblütig planend gehandelt, sondern impulsiv, aus einer momentanen Aufwallung heraus. Da bin ich ganz sicher.

Damit war auch ganz zwanglos Rahel Howells Zusammenbruch erklärt. Und ebenso war klar, warum sie geflohen war, wenn auch nicht wohin. Aber was war mit dem Schatz? Gab es überhaupt einen, besser, hat es einen gegeben?

Zur Lösung dieser Frage verhalf mir Musgrave. Er hatte, während ich die eben geschilderten Überlegungen anstellte, die Münzen untersucht und eine etwas besser erhaltene gefunden. Er drehte sie in der Hand und sagte zu mir:

›Aus der Regierungszeit König Karls I. Also habe ich das Ritual

mit Recht auf die Mitte des 17.Jahrhunderts datiert. Sie wissen
ja, Karl I. wurde 1647 im Bürgerkrieg von Cromwell gefangen-
genommen und 1649 hingerichtet.‹
Da ging mir mit einem Schlag die Bedeutung der ersten Zeile des
Rituals auf, und ich rief: ›Es gibt sicher noch mehr von Karl I.
Kann ich mal sehen, was in dem Beutel war, den man aus dem
Teich gefischt hat?
Wir gingen nach oben in Musgraves Studierzimmer. Und hier
lag die Lösung. Ganz klar, daß Musgrave dem Krimskrams, wie
er gesagt hatte, keine Aufmerksamkeit geschenkt hatte. Auf dem
Tisch lagen ein paar unansehnliche Steine und ein Doppelreif aus
Metall, ebenso unansehnlich, schwarz und total verbogen. Ich
nahm einen Stein und rieb ihn an meinem Ärmel. Er glomm auf
in dunkelrotem Feuer: Es war ein Rubin.
›Sehen Sie, Sir Basil‹, sagte ich. ›Nach Karls I. Hinrichtung mußten die Königstreuen in England um Leben und Besitz fürchten.
So flohen viele und versteckten ihre Schätze, die sie nicht mit-
nehmen konnten oder wollten.‹
›Meine Familie war tatsächlich stets königstreu. Sir Ralph Musgrave beispielsweise war die rechte Hand Karls II. und begleitete
den König sogar ins Exil.‹
›Großartig‹, sagte ich. ›Dann haben wir das letzte fehlende Glied
der Kette. Ich gratuliere Ihnen zum Besitz – mag er auch auf tra-
gische Weise erworben sein –, einer wertvollen Reliquie, die al-
lerdings heute wohl nur noch historischen Wert hat!‹
›Wie meinen Sie das?‹
›Vor Ihnen liegt die alte Krone Englands!‹
›Wie bitte?‹
›Ja, genau das. Vor Ihnen liegt die alte Krone Englands. Wie
heißt es doch im Ritual?:
Wessen war sie?
Dessen, der ging!
Das heißt: Die Krone gehörte dem hingerichteten Karl I. Und
dann geht es weiter:
Wessen wird sie sein?
Dessen, der kommt!
Mit anderen Worten: Gehören soll und wird die Krone dem

125

Nachfolger, Karl II. Damit dürfte außer Zweifel stehen, daß dieser schlichte Reif einst das Haupt der königlichen Stuarts schmückte.‹

›Aber wie kam die Krone in den Weiher?‹ fragte Musgrave.

Ich schilderte ihm, wie Brunton zusammen mit Rahel Howells den Schatz entdeckt haben mußte, und fuhr dann fort: ›Die Truhe enthielt also tatsächlich im Lederbeutel die Krone und einige Juwelen. Rahel Howells hat den Beutel auf ihrer Flucht in den Teich geworfen. Für sie waren die Sachen wertlos und erinnerten sie nur an ihr Verbrechen.‹

›Ich verstehe bloß nicht‹, sagte Musgrave, ›warum Karl II. die Krone nicht zurückerhielt, als er 1660 die Herrschaft wiedererlangte.‹

›Das wird sich wohl kaum jemals klären lassen‹, entgegnete ich. ›Ich nehme an, daß jener Musgrave, der sie versteckt hatte, damals schon nicht mehr lebte. Und seine Nachfahren haben wohl die hinterlassenen schriftlichen Anweisungen, das Ritual, nicht begriffen, weil der Schlüssel fehlte. Man wußte nur, daß es sich um etwas ungemein Wichtiges handelte. So bewahrte man das Papier von Generation zu Generation sorgfältig auf und ließ es sogar auswendig lernen. Mich wundert nur, daß erst Brunton der Geschichte auf den Grund ging. Er löste das Rätsel, aber der Schatz brachte ihm kein Glück.‹

Die Krone wird übrigens immer noch in Hurlstone aufbewahrt. Wenn Sie, Watson, einmal in die Gegend kommen sollten – Musgrave wird gerne bereit sein, Ihnen die Krone zu zeigen. Sie müssen sich nur auf mich berufen. – Rahel Howells blieb spurlos verschwunden. Wahrscheinlich lebt sie irgendwo in Übersee unter fremdem Namen und versucht zu vergessen.

Wie spät haben wir es eigentlich, Watson? Was, schon weit nach Mitternacht? Dann gehen wir, denke ich, besser schlafen. Morgen ist auch noch ein Tag.«

Die Abenteuer des berühmtesten Detektivs aller Zeiten:
Sherlock Holmes

Sir Arthur Conan Doyle, **Sherlock Holmes – Der Hund von Baskerville**

Ein riesiger Hund ist die Hauptfigur in der Familiensaga der Baskervilles. Von allen nur als »des Teufels Hund« bezeichnet, soll er nicht zum ersten Mal am Tod eines der Baskerville-Erben schuld sein.

Obwohl Sir Charles Baskerville angeblich eines natürlichen Todes gestorben ist, behauptet sein Freund Dr. Mortimer es sei Mord.

Nicht nur diese Behauptung, auch das anscheinend sinnlose Verschwinden eines Schuhs weckt bei dem Meisterdetektiv Sherlock Holmes kriminalistischen Spürsinn. Er und sein Freund und Mitarbeiter Dr. Watson wollen das geheimnisvolle Rätsel um den Höllenhund von Baskerville lösen.

Doch es bedarf einiger Überlegungen, bis sich die Fäden entwirren lassen. Denn der Nebel über dem Moor verbirgt nicht nur das Geheimnis um den Hund von Baskerville...

Eine spannende Geschichte für alle Krimifans ab 12 Jahren. **In Deiner Buchhandlung erhältlich!**

Wer Spannung liebt

kennt **Die drei ???**. So nennen sich die drei jungen Detektive Peter Bob und Justus. In einem umgebauten Wohnwagen haben sie ihre Zentrale.

Sie lösen ihre Fälle vorwiegend mit Köpfchen, verachten aber auch die Hilfe moderner Technik nicht. Tonband, Walkie-Talkie, Fotolabor und ein Periskop gehören zu ihrer vorwiegend selbstgebastelten Ausrüstung.

Diese 27 mysteriösen Fälle haben sie bereits erfolgreich gelöst:

Die drei ??? und ...
... das Gespensterschloß
... die flüsternde Mumie
... der lachende Schatten
... die schwarze Katze
... der Super-Papagei
... der unheimliche Drache
... der verschwundene Schatz
... die Geisterinsel
... der rasende Löwe
... der Teufelsberg
... der grüne Geist
... die singende Schlange
... die rätselhaften Bilder
... der Fluch des Rubins
... der seltsame Wecker
... der sprechende Totenkopf
... das Bergmonster
... der Phantomsee
... der Zauberspiegel
... die gefährliche Erbschaft
... der Karpatenhund
... die flammende Spur
... der Tanzende Teufel
... die Silbermine
... das Aztekenschwert
... die silberne Spinne
... der magische Kreis

Jedes Frühjahr und jeden Herbst erscheint ein weiterer Band, jeder hat ca. 120 Seiten. Für alle jungen Krimi-Freunde ab 10 Jahren.

In jeder Buchhandlung erhältlich!